考試分數大躍進
累積實力
百萬考生見證
應考秘訣

5

根據日本國際交流基金考試相關概要

精修 **重音版**

絕對合格
日檢必背單字

N5
新制對應！

吉松由美
小池直子 ◎合著

山田社

前言
preface

N5 所有 712 單字 × N5 所有 184 文法 × 實戰光碟

全新三合一學習法，霸氣登場！

單字背起來就是鑽石，與文法珍珠相串成鍊，再用聽力鑲金加倍，
史上最貪婪的學習法！讓你快速取證、搶百萬年薪！

《精修版 新制對應 絕對合格！日檢必背單字 N5》再進化出重音版了，精彩內容
有：

1. 精心將單字分成：主題圖像場景分類和五十音順。讓圖像在記憶中生根，記
   憶快速又持久，再加上圖像式重音標記，讓您在腦中馬上記住單字的念法！
2. 例句加入 N5 所有文法 184 項，單字 · 文法交叉訓練，得到黃金的相乘學
   習效果。
3. 例句主要單字上色，單字活用變化，一看就記住！
4. 主題分類的可愛插畫、單字豆知識藏寶盒、圖文小遊戲、補充説明等，讓
   記憶力道加倍！
5. 分析舊新制考古題，補充類義詞、對義詞學習，單字全面攻破，內容最紮實！

　　單字不再會是您的死穴，而是您得高分的最佳利器！史上最強的新日檢 N5 單
字集《精修重音版 新制對應 絕對合格！日檢必背單字 N5》，是根據日本國際交
流基金（JAPAN FOUNDATION）舊制考試基準及新發表的「新日本語能力試驗相
關概要」，加以編寫彙整而成的。除此之外，本書精心分析從 2010 年開始的新日
檢考試內容，增加了過去未收錄的 N5 程度常用單字，加以調整了單字的程度，可
説是內容最紮實的 N5 單字書。無論是累積應考實力，或是考前迅速總複習，都能
讓您考場上如虎添翼，金腦發威。

　　「背單字總是背了後面忘了前面！」「背得好好的單字，一上考場大腦就當機！」「背了單字，但一碰到日本人腦筋只剩一片空白鬧詞窮。」「單字只能硬背好無聊，每次一開始衝勁十足，後面卻完全無力。」「我很貪心，我想要有主題分類，又有五十音順好查的單字書。」這些都是讀者的真實心聲！

　　您的心聲我們聽到了。本書的單字不僅有主題分類，還有五十音順，再加上插圖、單字豆知識及重音標記，相信能讓您甩開對單字的陰霾，輕鬆啟動記憶單字的按鈕，提升學習興趣及成效！

> 內容包括：

一、主題單字

1. **分類姬**—以主題把單字分類成：顏色、家族、衣物…等，不僅能一次把相關單字背起來，還方便運用在日常生活中。不管是主題分類增加印象，或五十音順全效學習，還是分類與順序交叉學習，本書一應俱全。請您依照自己喜歡的學習方式自由調整。

各種主題

2. **遊戲姬**─主題單字區有著可愛的插畫，這些插畫並轉成單字小測驗，讓您加碼學習！插畫配合小測驗，不僅可以幫助您聯想、連結運用在生活上，由於自己寫過記憶最深刻，還能有效提升記憶強度與學習的趣味度喔！

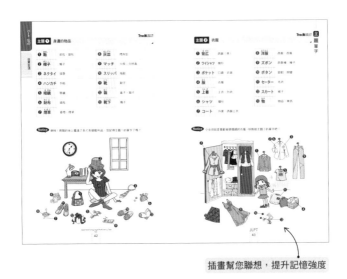

插畫幫您聯想，提升記憶強度

3. **藏寶姬**─您發現內頁的小專欄了嗎？這些都是配合 N5 程度精挑細選的知識小寶藏箱，每個寶藏都有著各式各樣的驚奇內容，都是跟該主題相關的小知識。小寶藏箱除了能讓您腦筋喘口氣，還能幫助您加運補氣更貼近日文，更深入日本。

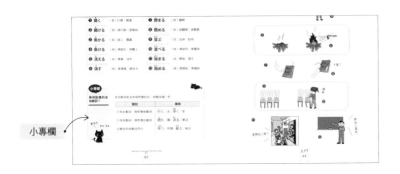

小專欄

二、單字五十音順

1. **單字王**─高出題率單字全面強化記憶：根據新制規格，由日籍金牌教師群所精選高出題率單字。每個單字所包含的詞性、意義、解釋、類・對義詞、中譯、用法、語源等等，讓您精確瞭解單字各層面的字義，活用的領域更加廣泛，還加上重音標記，幫您全面強化視、聽覺記憶，學習更上一層樓。

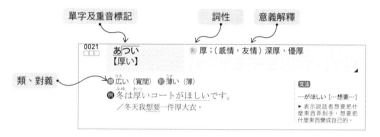

2. **文法王**─單字 ・ 文法交叉相乘黃金雙效學習：書中單字所帶出的例句，還搭配日籍金牌教師群精選 N5 所有文法，並補充近似文法，幫助您單字 ・ 文法交叉訓練，得到黃金的相乘學習效果！建議搭配《精修版 新制對應 絕對合格！日檢必背文法 N5》，以達到最完整的學習！

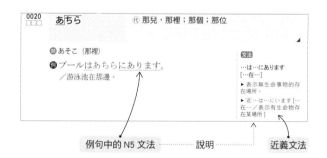

3. **得分王**—貼近新制考試題型學習最完整：新制單字考題中的「替換類義詞」題型，是測驗考生在發現自己「詞不達意」時，是否具備「換句話說」的能力，以及對字義的瞭解度。此題型除了須明白考題的字義外，更需要知道其他替換的語彙及說法。為此，書中精闢點出該單字的類義詞，並在**每個類・對義詞附上假名注音與中譯**，更能提升學習效率，方便閱讀。

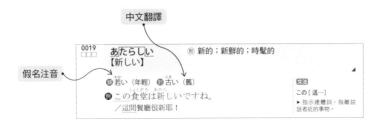

4. **例句王**—活用單字的勝者學習法：活用單字才是勝者的學習法，怎麼活用呢？書中每個單字下面帶出一個例句，例句精選該單字常接續的詞彙、常使用的場合、常見的表現、配合 N5 所有文法，還有時事、職場、生活等內容貼近 N5 所需程度等等。**從例句來記單字，加深了對單字的理解，對根據上下文選擇適切語彙的題型，更是大有幫助，同時也紮實了文法及聽說讀寫的超強實力。**

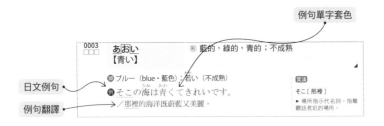

5. **測驗王**──全真新制模試密集訓練：本書最後附三回模擬考題（文字、語彙部份），將按照不同的題型，告訴您不同的解題訣竅，讓您在演練之後，不僅能立即得知學習效果，並充份掌握考試方向，以提升考試臨場反應。就像上過合格保證班一樣，成為新制日檢測驗王！如果對於綜合模擬試題躍躍欲試，推薦完全遵照日檢規格的《合格全攻略！新日檢 6 回全真模擬試題 N5 》進行練習喔！

問題說明
應試訣竅

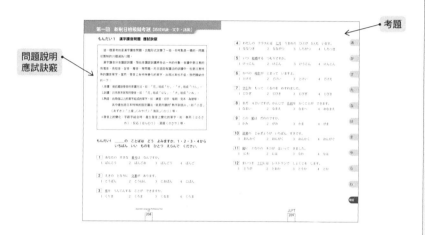

考題

6. **聽力王**──合格最短距離：新制日檢考試，把聽力的分數提高了，合格最短距離就是加強聽力學習。為此，書中還附贈光碟，幫助您熟悉日籍教師的標準發音及語調，讓您累積聽力實力。為打下堅實的基礎，建議您搭配《精修版 新制對應 絕對合格！日檢必背聽力 N5》來進一步加強練習。

軌數

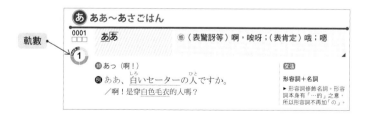

7. 計畫王—讓進度、進步完全看得到：每個單字旁都標示有編號及小方格，可以讓您立即了解自己的學習量。每個對頁並精心設計讀書計畫小方格，您可以配合自己的學習進度填上日期，建立自己專屬讀書計畫表！

《精修重音版 新制對應 絕對合格！日檢必背單字 N5》本著利用「喝咖啡時間」，也能「倍增單字量」「通過新日檢」的意旨，搭配文法與例句快速理解、學習，附贈日語朗讀光碟，還能讓您隨時隨地聽 MP3，無時無刻增進日語單字能力，走到哪，學到哪！怎麼考，怎麼過！

目錄
contents

Contents

詞性	定義	例（日文／中譯）
名詞	表示人事物、地點等名稱的詞。有活用。	門^{もん}／大門
形容詞	詞尾是い。説明客觀事物的性質、狀態或主觀感情、感覺的詞。有活用。	細^{ほそ}い／細小的
形容動詞	詞尾是だ。具有形容詞和動詞的雙重性質。有活用。	静^{しず}かだ／安静的
動詞	表示人或事物的存在、動作、行為和作用的詞。	言^いう／説
自動詞	表示的動作不直接涉及其他事物。只説明主語本身的動作、作用或狀態。	花^{はな}が咲^さく／花開。
他動詞	表示的動作直接涉及其他事物。從動作的主體出發。	母^{はは}が窓^{まど}を開^あける／母親打開窗戶。
五段活用	詞尾在ウ段或詞尾由「ア段＋る」組成的動詞。活用詞尾在「ア、イ、ウ、エ、オ」這五段上變化。	持^もつ／拿
上一段活用	「イ段＋る」或詞尾由「イ段＋る」組成的動詞。活用詞尾在イ段上變化。	見^みる／看 起^おきる／起床
下一段活用	「エ段＋る」或詞尾由「エ段＋る」組成的動詞。活用詞尾在エ段上變化。	寝^ねる／睡覺 見^みせる／讓…看
變格活用	動詞的不規則變化。一般指カ行「来る」、サ行「する」兩種。	来^くる／到來 する／做
カ行變格活用	只有「来る」。活用時只在カ行上變化。	来^くる／到來
サ行變格活用	只有「する」。活用時只在サ行上變化。	する／做
連體詞	限定或修飾體言的詞。沒活用，無法當主詞。	どの／哪個
副詞	修飾用言的狀態和程度的詞。沒活用，無法當主詞。	余^{あま}り／不太…

副助詞	接在體言或部分副詞、用言等之後，增添各種意義的助詞。	〜も ／也…
終助詞	接在句尾，表示說話者的感嘆、疑問、希望、主張等語氣。	か ／嗎
接續助詞	連接兩項陳述內容，表示前後兩項存在某種句法關係的詞。	ながら ／邊…邊…
接續詞	在段落、句子或詞彙之間，起承先啟後的作用。沒活用，無法當主詞。	しかし ／然而
接頭詞	詞的構成要素，不能單獨使用，只能接在其他詞的前面。	御^お〜 ／貴（表尊敬及美化）
接尾詞	詞的構成要素，不能單獨使用，只能接在其他詞的後面。	〜枚^{まい} ／…張（平面物品數量）
造語成份（新創詞語）	構成復合詞的詞彙。	一昨年^{いっさくねん} ／前年
漢語造語成份（和製漢語）	日本自創的詞彙，或跟中文意義有別的漢語詞彙。	風呂^{ふろ} ／澡盆
連語	由兩個以上的詞彙連在一起所構成，意思可以直接從字面上看出來。	赤^{あか}い傘^{かさ} ／紅色雨傘 足^{あし}を洗^{あら}う ／洗腳
慣用語	由兩個以上的詞彙因習慣用法而構成，意思無法直接從字面上看出來。常用來比喻。	足^{あし}を洗^{あら}う ／脫離黑社會
感嘆詞	用於表達各種感情的詞。沒活用，無法當主詞。	ああ ／啊（表驚訝等）
寒暄語	一般生活上常用的應對短句、問候語。	お願いします ／麻煩^{なが}…

其他略語

呈現	詞性	呈現	詞性
對	對義詞	近	文法部分的相近文法補充
類	類義詞	補	補充說明

詞性	活用變化舉例		
	語幹	語尾	變化
形容詞	やさし（容易）	い	現在肯定	<u>やさし</u> ＋ <u>い</u> 語幹　　　形容詞詞尾
		です		<u>やさしい</u> ＋ <u>です</u> 基本形　　　敬體
		く　ない（です）	現在否定	やさし <u>く</u> ― ＋ <u>ない</u>　<u>（です）</u> （い→く）　否定　　敬體
		ありません		― ＋ <u>ありません</u> 否定
		かっ　た（です）	過去肯定	やさし <u>かっ</u> ＋ <u>た</u>　<u>（です）</u> （い→かっ）　過去　敬體
		く　ありません でした	過去否定	やさし <u>くありません</u> ＋ <u>でした</u> 否定　　　　　過去
形容動詞	きれい（美麗）	だ	現在肯定	<u>きれい</u> ＋ <u>だ</u> 語幹　　　形容動詞詞尾
		で　す		<u>きれい</u> ＋ 　<u>です</u> 基本形　　「だ」的敬體
		で　はあり ません	現在否定	きれい <u>で</u> ＋ は ＋ <u>ありません</u> （だ→で）　　否定
		で　した	過去肯定	きれい 　<u>でし</u> 　<u>た</u> （だ→でし）　過去
		で　はありませ んでした	過去否定	きれい <u>ではありません</u> ＋ <u>でした</u> 否定　　　　　　過去

				基本形	<u>か</u> ＋ く 語幹
動詞	か （書寫）	く		基本 形	<u>か</u> ＋ く 語幹
		き	ます	現在 肯定	か <u>き</u> ＋ます （く→き）
		き	ません	現在 否定	か <u>き</u> ＋<u>ません</u> （く→き）　否定
		き	ました	過去 肯定	か <u>き</u> ＋<u>ました</u> （く→き）　過去
		き	ません でした	過去 否定	<u>かきません</u> ＋<u>でした</u> 否定　　　　過去

動詞基本形

相對於「動詞ます形」，動詞基本形説法比較隨便，一般用在關係跟自己比較親近的人之間。因為辭典上的單字用的都是基本形，所以又叫辭書形。
基本形怎麼來的呢？請看下面的表格。

五段動詞	拿掉動詞「ます形」的「ます」之後，最後將「イ段」音節轉為「ウ段」音節。	かきます→かき→か<u>く</u> ka-ki-ma-su → ka-ki → ka-k<u>u</u>
一段動詞	拿掉動詞「ます形」的「ます」之後，直接加上「る」。	たべます→たべ→たべ<u>る</u> ta-be-ma-su → ta-be → ta-be-<u>ru</u>
不規則動詞		します→する shi-ma-su → su-ru きます→くる ki-ma-su → ku-ru

自動詞與他動詞比較與舉例		
自動詞	動詞沒有目的語 形式:「…が…ます」 沒有人為的意圖而發生的動作	火　が　消えました。（火熄了） 主語　助詞　沒有人為意圖的動作 ↑ 由於「熄了」，不是人為的，是風吹的自然因素，所以用自動詞「消えました」（熄了）。
他動詞	有動作的涉及對象 形式:「…を…ます」 抱著某個目的有意圖地作某一動作	私は　火　を　消しました。（我把火弄熄了） 主語　目的語　　有意圖地做某動作 ↑ 火是因為人為的動作而被熄了，所以用他動詞「消しました」（弄熄了）。 

日檢單字

N5 新制對應！

一、什麼是新日本語能力試驗呢

1. 新制「日語能力測驗」

2. 認證基準

3. 測驗科目

4. 測驗成績

二、新日本語能力試驗的考試內容

N5 題型分析

*以上內容摘譯自「國際交流基金日本國際教育支援協會」的「新しい『日本語能力試驗』ガイドブック」。

一、什麼是新日本語能力試驗呢

1. 新制「日語能力測驗」

從2010年起實施的新制「日語能力測驗」（以下簡稱為新制測驗）。

1－1 實施對象與目的

新制測驗與舊制測驗相同，原則上，實施對象為非以日語作為母語者。其目的在於，為廣泛階層的學習與使用日語者舉行測驗，以及認證其日語能力。

1－2 改制的重點

改制的重點有以下四項：

1 測驗解決各種問題所需的語言溝通能力

新制測驗重視的是結合日語的相關知識，以及實際活用的日語能力。因此，擬針對以下兩項舉行測驗：一是文字、語彙、文法這三項語言知識；二是活用這些語言知識解決各種溝通問題的能力。

2 由四個級數增為五個級數

新制測驗由舊制測驗的四個級數（1級、2級、3級、4級），增加為五個級數（N1、N2、N3、N4、N5）。新制測驗與舊制測驗的級數對照，如下所示。最大的不同是在舊制測驗的2級與3級之間，新增了N3級數。

N1	難易度比舊制測驗的1級稍難。合格基準與舊制測驗幾乎相同。
N2	難易度與舊制測驗的2級幾乎相同。
N3	難易度介於舊制測驗的2級與3級之間。（新增）
N4	難易度與舊制測驗的3級幾乎相同。
N5	難易度與舊制測驗的4級幾乎相同。

＊「N」代表「Nihongo（日語）」以及「New（新的）」。

3 施行「得分等化」

由於在不同時期實施的測驗，其試題均不相同，無論如何慎重出題，每次測驗的難易度總會有或多或少的差異。因此在新制測驗中，導入「等化」的計分方式後，便能將不同時期的測驗分數，於共同量尺上相互比較。因此，無論是在什麼時候接受測驗，只要是相同級數的測驗，其得分均可予以比較。目前全球幾種主要的語言測驗，均廣泛採用這種「得分等化」的計分方式。

4 提供「日本語能力試驗Can-do 自我評量表」（簡稱JLPT Can-do）

為了瞭解通過各級數測驗者的實際日語能力，新制測驗經過調查後，提供「日本語能力試驗Can-do 自我評量表」。該表列載通過測驗認證者的實際日語能力範例。希望通過測驗認證者本人以及其他人，皆可藉由該表格，更加具體明瞭測驗成績代表的意義。

1－3 所謂「解決各種問題所需的語言溝通能力」

我們在生活中會面對各式各樣的「問題」。例如，「看著地圖前往目的地」或是「讀著說明書使用電器用品」等等。種種問題有時需要語言的協助，有時候不需要。

為了順利完成需要語言協助的問題，我們必須具備「語言知識」，例如文字、發音、語彙的相關知識、組合語詞成為文章段落的文法知識、判斷串連文句的順序以便清楚說明的知識等等。此外，亦必須能配合當前的問題，擁有實際運用自己所具備的語言知識的能力。

舉個例子，我們來想一想關於「聽了氣象預報以後，得知東京明天的天氣」這個課題。想要「知道東京明天的天氣」，必須具備以下的知識：「晴れ（晴天）、くもり（陰天）、雨（雨天）」等代表天氣的語彙；「東京は明日は晴れでしょう（東京明日應是晴天）」的文句結構；還有，也要知道氣象預報的播報順序等。除此以外，尚須能從播報的各地氣象中，分辨出哪一則是東京的天氣。

如上所述的「運用包含文字、語彙、文法的語言知識做語言溝通，進而具備解決各種問題所需的語言溝通能力」，在新制測驗中稱為「解決各種問題所需的語言溝通能力」。

新制測驗將「解決各種問題所需的語言溝通能力」分成以下「語言知識」、「讀解」、「聽解」等三個項目做測驗。

語言知識	各種問題所需之日語的文字、語彙、文法的相關知識。
讀　解	運用語言知識以理解文字內容，具備解決各種問題所需的能力。
聽　解	運用語言知識以理解口語內容，具備解決各種問題所需的能力。

作答方式與舊制測驗相同，將多重選項的答案劃記於答案卡上。此外，並沒有直接測驗口語或書寫能力的科目。

2. 認證基準

新制測驗共分為N1、N2、N3、N4、N5五個級數。最容易的級數為N5，最困難的級數為N1。

與舊制測驗最大的不同，在於由四個級數增加為五個級數。以往有許多通過3級認證者常抱怨「遲遲無法取得2級認證」。為因應這種情況，於舊制測驗的2級與3級之間，新增了N3級數。

新制測驗級數的認證基準，如表1的「讀」與「聽」的語言動作所示。該表雖未明載，但應試者也必須具備為表現各語言動作所需的語言知識。

N4與N5主要是測驗應試者在教室習得的基礎日語的理解程度；N1與N2是測驗應試者於現實生活的廣泛情境下，對日語理解程度；至於新增的N3，則是介於N1與N2，以及N4與N5之間的「過渡」級數。關於各級數的「讀」與「聽」的具體題材（內容），請參照表1。

■ 表1 新「日語能力測驗」認證基準

級數	認證基準
	各級數的認證基準，如以下【讀】與【聽】的語言動作所示。各級數亦必須具備為表現各語言動作所需的語言知識。
N1	能理解在廣泛情境下所使用的日語 【讀】·可閱讀話題廣泛的報紙社論與評論等論述性較複雜及較抽象的文章，且能理解其文章結構與內容。 ·可閱讀各種話題內容較具深度的讀物，且能理解其脈絡及詳細的表達意涵。 【聽】·在廣泛情境下，可聽懂常速且連貫的對話、新聞報導及講課，且能充分理解話題走向、內容、人物關係、以及說話內容的論述結構等，並確實掌握其大意。
N2	除日常生活所使用的日語之外，也能大致理解較廣泛情境下的日語 【讀】·可看懂報紙與雜誌所刊載的各類報導、解說、簡易評論等主旨明確的文章。 ·可閱讀一般話題的讀物，並能理解其脈絡及表達意涵。 【聽】·除日常生活情境外，在大部分的情境下，可聽懂接近常速且連貫的對話與新聞報導，亦能理解其話題走向、內容、以及人物關係，並可掌握其大意。
N3	能大致理解日常生活所使用的日語 【讀】·可看懂與日常生活相關的具體內容的文章。 ·可由報紙標題等，掌握概要的資訊。 ·於日常生活情境下接觸難度稍高的文章，經換個方式敘述，即可理解其大意。 【聽】·在日常生活情境下，面對稍微接近常速且連貫的對話，經彙整談話的具體內容與人物關係等資訊後，即可大致理解。
N4	能理解基礎日語 【讀】·可看懂以基本語彙及漢字描述的貼近日常生活相關話題的文章。 【聽】·可大致聽懂速度較慢的日常會話。
N5	能大致理解基礎日語 【讀】·可看懂以平假名、片假名或一般日常生活使用的基本漢字所書寫的固定詞句、短文、以及文章。 【聽】·在課堂上或周遭等日常生活中常接觸的情境下，如為速度較慢的簡短對話，可從中聽取必要資訊。

左側欄標示：困難 ＊（向上箭頭） ／ ＊ 容易（向下箭頭）

＊N1最難，N5最簡單。

3. 測驗科目

　　新制測驗的測驗科目與測驗時間如表2所示。

■ 表2　測驗科目與測驗時間 ＊①

級數	測驗科目 （測驗時間）			
N1	語言知識（文字、語彙、 文法）、讀解 （110分）		聽解 （60分） →	測驗科目為「語言 知識（文字、語 彙、文法）、讀 解」；以及「聽 解」共2科目。
N2	語言知識（文字、語彙、 文法）、讀解 （105分）		聽解 （50分） →	
N3	語言知識（文 字、語彙） （30分）	語言知識（文 法）、讀解 （70分）	聽解 （40分） →	測驗科目為「語言 知識（文字、語 彙）」；「語言知 識（文法）、讀 解」；以及「聽 解」共3科目。
N4	語言知識（文 字、語彙） （30分）	語言知識（文 法）、讀解 （60分）	聽解 （35分） →	
N5	語言知識（文 字、語彙） （25分）	語言知識（文 法）、讀解 （50分）	聽解 （30分） →	

　　N1與N2的測驗科目為「語言知識（文字、語彙、文法）、讀解」以及「聽解」共2科目；N3、N4、N5的測驗科目為「語言知識（文字、語彙）」、「語言知識（文法）、讀解」、「聽解」共3科目。

　　由於N3、N4、N5的試題中，包含較少的漢字、語彙、以及文法項目，因此當與N1、N2測驗相同的「語言知識（文字、語彙、文法）、讀解」科目時，有時會使某幾道試題成為其他題目的提示。為避免這個情況，因此將「語言知識（文字、語彙、文法）、讀解」，分成「語言知識（文字、語彙）」和「語言知識（文法）、讀解」施測。

＊①：聽解因測驗試題的錄音長度不同，致使測驗時間會有些許差異。

4. 測驗成績

4－1 量尺得分

舊制測驗的得分，答對的題數以「原始得分」呈現；相對的，新制測驗的得分以「量尺得分」呈現。

「量尺得分」是經過「等化」轉換後所得的分數。以下，本手冊將新制測驗的「量尺得分」，簡稱為「得分」。

4－2 測驗成績的呈現

新制測驗的測驗成績，如表3的計分科目所示。N1、N2、N3的計分科目分為「語言知識（文字、語彙、文法）」、「讀解」、以及「聽解」3項；N4、N5的計分科目分為「語言知識（文字、語彙、文法）、讀解」以及「聽解」2項。

會將N4、N5的「語言知識（文字、語彙、文法）」和「讀解」合併成一項，是因為在學習日語的基礎階段，「語言知識」與「讀解」方面的重疊性高，所以將「語言知識」與「讀解」合併計分，比較符合學習者於該階段的日語能力特徵。

■ 表3 各級數的計分科目及得分範圍

級數	計分科目	得分範圍
N1	語言知識（文字、語彙、文法）	0～60
	讀解	0～60
	聽解	0～60
	總分	0～180
N2	語言知識（文字、語彙、文法）	0～60
	讀解	0～60
	聽解	0～60
	總分	0～180
N3	語言知識（文字、語彙、文法）	0～60
	讀解	0～60
	聽解	0～60
	總分	0～180

N4	語言知識（文字、語彙、文法）、讀解	0～120
	聽解	0～60
	總分	0～180
N5	語言知識（文字、語彙、文法）、讀解	0～120
	聽解	0～60
	總分	0～180

各級數的得分範圍，如表3所示。N1、N2、N3的「語言知識（文字、語彙、文法）」、「讀解」、「聽解」的得分範圍各為0～60分，三項合計的總分範圍是0～180分。「語言知識（文字、語彙、文法）」、「讀解」、「聽解」各占總分的比例是1：1：1。

N4、N5的「語言知識（文字、語彙、文法）、讀解」的得分範圍為0～120分，「聽解」的得分範圍為0～60分，二項合計的總分範圍是0～180分。「語言知識（文字、語彙、文法）、讀解」與「聽解」各占總分的比例是2：1。還有，「語言知識（文字、語彙、文法）、讀解」的得分，不能拆解成「語言知識（文字、語彙、文法）」與「讀解」二項。

除此之外，在所有的級數中，「聽解」均占總分的三分之一，較舊制測驗的四分之一為高。

4－3 合格基準

舊制測驗是以總分作為合格基準；相對的，新制測驗是以總分與分項成績的門檻二者作為合格基準。所謂的門檻，是指各分項成績至少必須高於該分數。假如有一科分項成績未達門檻，無論總分有多高，都不合格。

新制測驗設定各分項成績門檻的目的，在於綜合評定學習者的日語能力，須符合以下二項條件才能判定為合格：①總分達合格分數（＝通過標準）以上；②各分項成績達各分項合格分數（＝通過門檻）以上。如有一科分項成績未達門檻，無論總分多高，也會判定為不合格。

　　N1~N3及N4、N5之分項成績有所不同，各級總分通過標準及各分項成績通過門檻如下所示：

級數	總分		分項成績					
			言語知識（文字·語彙·文法）		讀解		聽解	
	得分範圍	通過標準	得分範圍	通過門檻	得分範圍	通過門檻	得分範圍	通過門檻
N1	0～180分	100分	0～60分	19分	0～60分	19分	0～60分	19分
N2	0～180分	90分	0～60分	19分	0～60分	19分	0～60分	19分
N3	0～180分	95分	0～60分	19分	0～60分	19分	0～60分	19分

級數	總分		分項成績					
			言語知識（文字·語彙·文法）		讀解		聽解	
	得分範圍	通過標準	得分範圍	通過門檻	得分範圍	通過門檻	得分範圍	通過門檻
N4	0～180分	90分	0～120分	38分	0～60分	19分	0～60分	19分
N5	0～180分	80分	0～120分	38分	0～60分	19分	0～60分	19分

※上列通過標準自2010年第1回(7月)【N4、N5為2010年第2回(12月)】起適用。

　　缺考其中任一測驗科目者，即判定為不合格。寄發「合否結果通知書」時，含已應考之測驗科目在內，成績均不計分亦不告知。

4－4　測驗結果通知

依級數判定是否合格後，寄發「合否結果通知書」予應試者；合格者同時寄發「日本語能力認定書」。

■ N1, N2, N3

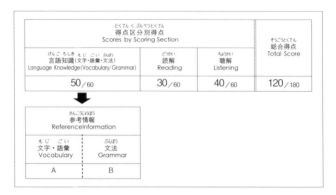

■ N4, N5

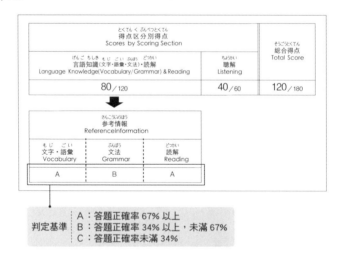

※ 各節測驗如有一節缺考就不予計分，即判定為不合格。雖會寄發「合否結果通知書」但所有分項成績，含已出席科目在內，均不予計分。各欄成績以「*」表示，如「＊＊/60」。
※ 所有科目皆缺席者，不寄發「合否結果通知書」。

二、新日本語能力試驗的考試內容

N5 題型分析

測驗科目 (測驗時間)			試題內容		
			題型	小題 題數 *	分析
語言知識 (25分)	文字、語彙	1	漢字讀音 ◇	12	測驗漢字語彙的讀音。
		2	假名漢字寫法 ◇	8	測驗平假名語彙的漢字及片假名的寫法。
		3	選擇文脈語彙 ◇	10	測驗根據文脈選擇適切語彙。
		4	替換類義詞 ○	5	測驗根據試題的語彙或說法,選擇類義詞或類義說法。
語言知識、讀解 (50分)	文法	1	文句的文法1 (文法形式判斷) ○	16	測驗辨別哪種文法形式符合文句內容。
		2	文句的文法2 (文句組構) ◆	5	測驗是否能夠組織文法正確且文義通順的句子。
		3	文章段落的文法 ◆	5	測驗辨別該文句有無符合文脈。
	讀解 *	4	理解內容 (短文) ○	3	於讀完包含學習、生活、工作相關話題或情境等,約80字左右的撰寫平易的文章段落之後,測驗是否能夠理解其內容。
		5	理解內容 (中文) ○	2	於讀完包含以日常話題或情境為題材等,約250字左右的撰寫平易的文章段落之後,測驗是否能夠理解其內容。

讀解＊	6	彙整資訊	◆	1	測驗是否能夠從介紹或通知等，約250字左右的撰寫資訊題材中，找出所需的訊息。
聽解 （30分）	1	理解問題	◇	7	於聽取完整的會話段落之後，測驗是否能夠理解其內容（於聽完解決問題所需的具體訊息之後，測驗是否能夠理解應當採取的下一個適切步驟）。
	2	理解重點	◇	6	於聽取完整的會話段落之後，測驗是否能夠理解其內容（依據剛才已聽過的提示，測驗是否能夠抓住應當聽取的重點）。
	3	適切話語	◆	5	測驗一面看圖示，一面聽取情境說明時，是否能夠選擇適切的話語。
	4	即時應答	◆	6	測驗於聽完簡短的詢問之後，是否能夠選擇適切的應答。

＊「小題題數」為每次測驗的約略題數，與實際測驗時的題數可能未盡相同。此外，亦有可能會變更小題題數。

＊有時在「讀解」科目中，同一段文章可能會有數道小題。

資料來源：《日本語能力試驗JLPT官方網站：分項成績・合格判定・合否結果通知》。2016年1月11日，取自：http://www.jlpt.jp/tw/guideline/results.html

N5
vocabulary

JLPT

N5主題單字

-活用主題單字

-生活日語小專欄

主題❶ 寒暄語

❶	（どうも）ありがとうございました	謝謝，太感謝了
❷	頂（いただ）きます	（吃飯前的客套話）我就不客氣了
❸	いらっしゃい（ませ）	歡迎光臨
❹	（では）お元気（げんき）で	請多保重身體
❺	お願（ねが）いします	麻煩，請；請多多指教
❻	おはようございます	（早晨見面時）早安，您早
❼	お休（やす）みなさい	晚安
❽	御馳走様（ごちそうさま）（でした）	多謝您的款待，我已經吃飽了
❾	こちらこそ	哪兒的話，不敢當
❿	御免（ごめん）ください	有人在嗎
⓫	御免（ごめん）なさい	對不起
⓬	今日（こんにち）は	你好，日安
⓭	今晩（こんばん）は	晚安你好，晚上好
⓮	さよなら／さようなら	再見，再會；告別
⓯	失礼（しつれい）しました	請原諒，失禮了
⓰	失礼（しつれい）します	告辭，再見，對不起
⓱	すみません	對不起，抱歉；謝謝
⓲	では、また	那麼，再見

⑲ どういたしまして	沒關係，不用客氣，算不了什麼	㉑ 初めまして <small>はじ</small>	初次見面，你好
⑳ どうぞよろしく	請多指教	㉒ (どうぞ)よろしく	指教，關照

主題 ❷ 數字（一）

❶ ゼロ／零 <small>れい</small>	零；沒有	❽ 七／七 <small>しち なな</small>	七；七個
❷ 一 <small>いち</small>	一；第一	❾ 八 <small>はち</small>	八；八個
❸ 二 <small>に</small>	二；兩個	❿ 九／九 <small>きゅう く</small>	九；九個
❹ 三 <small>さん</small>	三；三個	⓫ 十 <small>じゅう</small>	十；第十
❺ 四／四 <small>し よん</small>	四；四個	⓬ 百 <small>ひゃく</small>	一百；一百歲
❻ 五 <small>ご</small>	五；五個	⓭ 千 <small>せん</small>	（一）千；形容數量之多
❼ 六 <small>ろく</small>	六；六個	⓮ 万 <small>まん</small>	萬

小專欄

「挨拶」（寒暄、問候）一詞是怎麼來的呢？

唐、宋時期的禪宗和尚們，為了悟道以一問一答的方式來進行，這就叫「挨拶」。佛教經中國傳入日本以後，「挨拶」一詞就在日本紮根了。

「挨拶」的意思後來轉變成，為了表示對他人的尊敬和愛戴而表現出的動作、語言、文章等，也就是為了建立人與人之間的親和關係，而進行的重要社交行為之一。

例如日本人在吃飯前後都要說一句「いただきます」（承蒙款待）和「ごちそうさま」（多謝款待），這些話不是只有感謝主人為自己辛苦地張羅食材，也是對大自然的恩惠，及所有付出勞動的人所表示的謝意。

そっ？　そっ、そう。

主題❸ 數字（二）

❶ <ruby>一<rt>ひと</rt></ruby>つ	一個；一歲		❼ <ruby>七<rt>なな</rt></ruby>つ	七個；七歲
❷ <ruby>二<rt>ふた</rt></ruby>つ	兩個；兩歲		❽ <ruby>八<rt>やっ</rt></ruby>つ	八個；八歲
❸ <ruby>三<rt>みっ</rt></ruby>つ	三個；三歲		❾ <ruby>九<rt>ここの</rt></ruby>つ	九個；九歲
❹ <ruby>四<rt>よっ</rt></ruby>つ	四個；四歲		❿ <ruby>十<rt>とお</rt></ruby>	十個；十歲
❺ <ruby>五<rt>いつ</rt></ruby>つ	五個；五歲		⓫ <ruby>幾<rt>いく</rt></ruby>つ	幾個；幾歲
❻ <ruby>六<rt>むっ</rt></ruby>つ	六個；六歲		⓬ <ruby>二十歳<rt>は た ち</rt></ruby>	二十歲

主題❹ 星期

❶ <ruby>日曜日<rt>にちようび</rt></ruby>	星期日		❽ <ruby>先週<rt>せんしゅう</rt></ruby>	上個星期，上週
❷ <ruby>月曜日<rt>げつようび</rt></ruby>	星期一		❾ <ruby>今週<rt>こんしゅう</rt></ruby>	這個星期，本週
❸ <ruby>火曜日<rt>かようび</rt></ruby>	星期二		❿ <ruby>来週<rt>らいしゅう</rt></ruby>	下星期
❹ <ruby>水曜日<rt>すいようび</rt></ruby>	星期三		⓫ <ruby>毎週<rt>まいしゅう</rt></ruby>	每個星期，每個禮拜
❺ <ruby>木曜日<rt>もくようび</rt></ruby>	星期四		⓬ <ruby>～週間<rt>しゅうかん</rt></ruby>	～週，～星期
❻ <ruby>金曜日<rt>きんようび</rt></ruby>	星期五		⓭ <ruby>誕生日<rt>たんじょうび</rt></ruby>	生日
❼ <ruby>土曜日<rt>どようび</rt></ruby>	星期六			

主題❺　日期

❶ 一日（ついたち）	一號，初一	
❷ 二日（ふつか）	二號；兩天	
❸ 三日（みっか）	三號；三天	
❹ 四日（よっか）	四號；四天	
❺ 五日（いつか）	五號；五天	
❻ 六日（むいか）	六號；六天	
❼ 七日（なのか）	七號；七天	

❽ 八日（ようか）	八號；八天
❾ 九日（ここのか）	九號；九天
❿ 十日（とおか）	十號；十天
⓫ 二十日（はつか）	二十號；二十天
⓬ 一日（いちにち）	一天；一整天
⓭ カレンダー	日曆；全年記事表

小專欄

「曜日（ようび）」的排序？

為什麼日文星期的排序是「月（げつ）、火（か）、水（すい）、木（もく）、金（きん）、土（ど）、日（にち）」呢？

其實起源是來自古希臘的天文學家托勒密提出的「天動説（てんどうせつ）」的「角速度（かくそくど）」這一觀點。

這一學説提出每小時天體與地球距離由遠至近的排序，其實就是我們現在所看到的日文星期的排序喔！右表是每個「曜日（ようび）」與對應的行星。

そつ？　そつ、そう。

曜日（ようび）	對應行星
日（にち）	太陽
月（げつ）	月亮
火（か）	火星
水（すい）	水星
木（もく）	木星
金（きん）	金星
土（ど）	土星

主題 ❻ 顔色

❶ <ruby>青<rt>あお</rt></ruby>い	藍色的；綠的		❺ <ruby>白<rt>しろ</rt></ruby>い	白色的；潔白
❷ <ruby>赤<rt>あか</rt></ruby>い	紅色的		❻ <ruby>茶色<rt>ちゃいろ</rt></ruby>	茶色
❸ <ruby>黄色<rt>きいろ</rt></ruby>い	黃色，黃色的		❼ <ruby>緑<rt>みどり</rt></ruby>	綠色
❹ <ruby>黒<rt>くろ</rt></ruby>い	黑色的；黑暗		❽ <ruby>色<rt>いろ</rt></ruby>	顏色，彩色

主題 ❼ 量詞

❶ ～<ruby>階<rt>かい</rt></ruby>	～樓，層		❽ ～<ruby>杯<rt>はい</rt></ruby>	～杯
❷ ～<ruby>回<rt>かい</rt></ruby>	～回，次數		❾ ～<ruby>番<rt>ばん</rt></ruby>	第～，～號
❸ ～<ruby>個<rt>こ</rt></ruby>	～個		❿ ～<ruby>匹<rt>ひき</rt></ruby>	～頭，～隻
❹ ～<ruby>歳<rt>さい</rt></ruby>	～歲		⓫ ページ	～頁
❺ ～<ruby>冊<rt>さつ</rt></ruby>	～本，～冊		⓬ ～<ruby>本<rt>ほん</rt></ruby>	～瓶，～條
❻ ～<ruby>台<rt>だい</rt></ruby>	～輛，～架		⓭ ～<ruby>枚<rt>まい</rt></ruby>	～張，～片
❼ ～<ruby>人<rt>にん</rt></ruby>	～人			

小專欄

數量詞

➡ 數量詞是由基數詞加量詞而構成的。基本上是以東西的外形來區分的喔！

1. 數細長的物品，用「<ruby>本<rt>ほん</rt></ruby>」。例：「<ruby>一本<rt>いっぽん</rt></ruby>」（一根、一支、一瓶）
2. 數扁薄的物品，用「<ruby>枚<rt>まい</rt></ruby>」。例：「<ruby>二枚<rt>にまい</rt></ruby>」（兩張、兩盤、兩片、兩塊、兩件）
3. 數魚、蟲等，用「<ruby>匹<rt>ひき</rt></ruby>」。例：「<ruby>三匹<rt>さんびき</rt></ruby>」（三條、三匹、三隻）

Notice 找找看，主題7的量詞都在這間餐廳裡喔！

主題 **1** 身體部位

❶ 頭 (あたま)	頭;頂	**❽ 手** (て)	手掌;胳膊
❷ 顔 (かお)	臉;顏面	**❾ お腹** (なか)	肚子;腸胃
❸ 耳 (みみ)	耳朵	**❿ 足** (あし)	腿;腳
❹ 目 (め)	眼睛;眼珠	**⓫ 体** (からだ)	身體;體格
❺ 鼻 (はな)	鼻子	**⓬ 背** (せい)	身高,身材
❻ 口 (くち)	口,嘴巴	**⓭ 声** (こえ)	聲音,語音
❼ 歯 (は)	牙齒		

Notice 我們身體部位的日文怎麼說呢?主題1的單字都在下圖中喔!

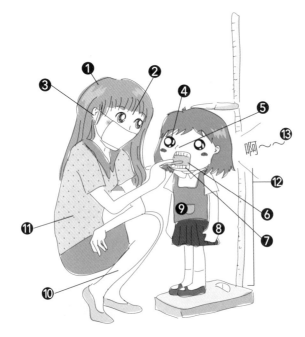

主題 ❷ 家族（一）

❶ お祖父さん （じ い）	祖父；老爺爺		❾ お姉さん （ね え）	姊姊
❷ お祖母さん （ば あ）	祖母；老婆婆		❿ 姉 （あね）	家姊；嫂子
❸ お父さん （と う）	父親；令尊		⓫ 弟 （おとうと）	弟弟
❹ 父 （ちち）	家父，爸爸		⓬ 妹 （いもうと）	妹妹
❺ お母さん （か あ）	母親；令堂		⓭ 伯父さん／ 叔父さん （お じ）（お じ）	伯伯，叔叔
❻ 母 （はは）	家母，媽媽			
❼ お兄さん （に い）	哥哥		⓮ 伯母さん／ 叔母さん （お ば）（お ば）	嬸嬸，舅媽
❽ 兄 （あに）	家兄；姊夫			

Notice 家人團聚在一起是最幸福的時光了！用主題2的單字來練練家人的講法吧！

Track 1-10

主題❸ 家族（二）

❶ 両親 りょうしん	父母，雙親	❼ 一人 ひとり	一人；單獨一個人
❷ 兄弟 きょうだい	兄弟；兄弟姊妹	❽ 二人 ふたり	兩個人，兩人
❸ 家族 かぞく	家人，家庭	❾ 皆さん みな	大家，各位
❹ ご主人 しゅじん	您的先生，您的丈夫	❿ 一緒 いっしょ	一起；一齊
❺ 奥さん おく	太太，尊夫人	⓫ 大勢 おおぜい	眾多（人）；（人數）很多
❻ 自分 じぶん	自己，本人		

Track 1-11

主題❹ 人物的稱呼

❶ 貴方 あなた	您；老公	❽ 子供 こども	自己的兒女；小孩
❷ 私 わたし	我	❾ 外国人 がいこくじん	外國人
❸ 男 おとこ	男性，男人	❿ 友達 ともだち	朋友，友人
❹ 女 おんな	女人，女性	⓫ 人 ひと	人，人類
❺ 男の子 おとこ こ	男孩子；年輕小伙子	⓬ 方 かた	位，人
❻ 女の子 おんな こ	女孩子；少女	⓭ 方 がた	們，各位
❼ 大人 おとな	大人，成人	⓮ さん	～先生，～小姐

主題 ❺　清新的大自然

❶ 空<ruby>そら</ruby>	天空；天氣		❼ 鳥<ruby>とり</ruby>	鳥；雞	
❷ 山<ruby>やま</ruby>	山；一大堆		❽ 犬<ruby>いぬ</ruby>	狗	
❸ 川／河<ruby>かわ</ruby>	河川，河流		❾ 猫<ruby>ねこ</ruby>	貓	
❹ 海<ruby>うみ</ruby>	海，海洋		❿ 花<ruby>はな</ruby>	花	
❺ 岩<ruby>いわ</ruby>	岩石		⓫ 魚<ruby>さかな</ruby>	魚	
❻ 木<ruby>き</ruby>	樹；木材		⓬ 動物<ruby>どうぶつ</ruby>	動物	

Notice 春暖花開，大地回春，主題 5 的單字都在圖裡，您唸對了嗎？

主題 ⑥　季節氣象

❶ 春 (はる)	春天，春季		❽ 天気 (てんき)	天氣；晴天
❷ 夏 (なつ)	夏天，夏季		❾ 暑い (あつ)	（天氣）熱，炎熱
❸ 秋 (あき)	秋天，秋季		❿ 寒い (さむ)	（天氣）寒冷
❹ 冬 (ふゆ)	冬天，冬季		⓫ 涼しい (すず)	涼爽，涼爽
❺ 風 (かぜ)	風		⓬ 曇る (くも)	變陰；模糊不清
❻ 雨 (あめ)	雨		⓭ 晴れる (は)	（雨，雪）停止，放晴
❼ 雪 (ゆき)	雪			

小專欄

氣象小補充

そつ？　そつ、そう。

晴れのち曇り (は / くも)	晴時多雲	台風 (たいふう)	颱風
曇り時々雨 (くも / ときどきあめ)	多雲偶陣雨	竜巻 (たつまき)	龍捲風
天気雨 (てんき あめ)	太陽雨	小雪 (こゆき)	小雪
小雨 (こさめ)	小雨	大雪 (おおゆき)	大雪
大雨 (おおあめ)	豪雨	吹雪 (ふぶき)	暴風雪

Notice 每個季節都很迷人，您最喜歡什麼季節呢？主題6的單字都在下圖喔！

主題 ❶ 身邊的物品

❶	鞄 <ruby>かばん</ruby>	皮包，提包		❽	灰皿 <ruby>はいざら</ruby>	煙灰缸
❷	帽子 <ruby>ぼうし</ruby>	帽子		❾	マッチ	火柴；火材盒
❸	ネクタイ	領帶		❿	スリッパ	拖鞋
❹	ハンカチ	手帕		⓫	靴 <ruby>くつ</ruby>	鞋子
❺	眼鏡 <ruby>めがね</ruby>	眼鏡		⓬	箱 <ruby>はこ</ruby>	盒子，箱子
❻	財布 <ruby>さいふ</ruby>	錢包		⓭	靴下 <ruby>くつした</ruby>	襪子
❼	煙草 <ruby>たばこ</ruby>	香煙；煙草				

Notice 啊呀！房間的地上擺滿了各式各樣戰利品，您記得主題1的單字了嗎？

主題 ② 衣服

❶	背広（せびろ）	西裝（男）	❽	洋服（ようふく）	西服，西裝
❷	ワイシャツ	襯衫	❾	ズボン	西裝褲；褲子
❸	ポケット	口袋，衣袋	❿	ボタン	鈕釦；按鍵
❹	服（ふく）	衣服	⓫	セーター	毛衣
❺	上着（うわぎ）	上衣，外衣	⓬	スカート	裙子
❻	シャツ	襯衫	⓭	物（もの）	物品，東西
❼	コート	外套；西裝上衣			

Notice 小女孩就是喜歡偷穿媽媽的衣服，快教她主題 2 的單字吧！

主題 ❸ 食物（一）

❶	ご飯 はん	米飯；餐		❽	お弁当 べんとう	便當
❷	朝御飯 あさ ご はん	早餐		❾	お菓子 か し	點心，糕點
❸	昼ご飯 ひる はん	午餐		❿	料理 りょう り	菜餚；烹調
❹	晩ご飯 ばん はん	晚餐		⓫	食堂 しょくどう	餐廳，飯館
❺	夕飯 ゆうはん	晚飯		⓬	買い物 か もの	買東西；要買的東西
❻	食べ物 た もの	食物，吃的東西		⓭	パーティー	集會，宴會
❼	飲み物 の もの	飲料				

主題 ❹ 食物（二）

❶	コーヒー	咖啡		❽	豚肉 ぶたにく	豬肉
❷	牛乳 ぎゅうにゅう	牛奶		❾	お茶 ちゃ	茶；茶道
❸	お酒 さけ	酒；清酒		❿	パン	麵包
❹	肉 にく	肉		⓫	野菜 や さい	蔬菜，青菜
❺	鳥肉 とりにく	雞肉；鳥肉		⓬	卵 たまご	蛋
❻	水 みず	水		⓭	果物 くだもの	水果，鮮果
❼	牛肉 ぎゅうにく	牛肉				

恩哪恩哪吃不下了啦～

主題 ❺ 器皿跟調味料

❶ バター	奶油		❽ お皿	盤子
❷ 醤油	醬油		❾ 茶碗	茶杯，飯碗
❸ 塩	鹽；鹹度		❿ グラス	玻璃杯
❹ 砂糖	砂糖		⓫ 箸	筷子，箸
❺ スプーン	湯匙		⓬ コップ	杯子，茶杯
❻ フォーク	叉子，餐叉		⓭ カップ	杯子；(有把)茶杯
❼ ナイフ	刀子，餐刀			

Notice 去餐廳吃飯時，記得把主題 5 的單字都背起來再去喔！

主題 ❻ 住家

❶ 家 _{いえ}	房子；家	❽ ドア	（前後推開的）門
❷ 家 _{うち}	家；房子	❾ 門 _{もん}	門，大門
❸ 庭 _{にわ}	庭院，院子	❿ 戸 _と	（左右拉開的）門；窗戶
❹ 鍵 _{かぎ}	鑰匙；關鍵	⓫ 入り口 _{いりぐち}	入口，門口
❺ プール	游泳池	⓬ 出口 _{でぐち}	出口
❻ アパート	公寓	⓭ 所 _{ところ}	地點
❼ 池 _{いけ}	池塘；水池		

Notice 在家附近閒逛，也要練習單字。來背背主題 6 的單字吧！

主題 ⑦ 居家設備

❶ 机 _{つくえ}	桌子，書桌		❼ トイレ	廁所，盥洗室
❷ 椅子 _{いす}	椅子		❽ 台所 _{だいどころ}	廚房
❸ 部屋 _{へや}	房間；屋子		❾ 玄関 _{げんかん}	前門，玄關
❹ 窓 _{まど}	窗戶		❿ 階段 _{かいだん}	樓梯，階梯
❺ ベッド	床，床舖		⓫ お手洗い _{てあら}	廁所，洗手間
❻ シャワー	淋浴；驟雨		⓬ 風呂 _{ふろ}	浴缸；洗澡

Notice 歡迎來到我家！您能背出主題7的單字嗎？

主題 8　家電家具

❶ でん き 電気	電力；電燈	❽ テーブル	桌子；餐桌
❷ と けい 時計	鐘錶，手錶	❾ テープレコーダー	磁帶錄音機
❸ でん わ 電話	電話；打電話	❿ テレビ	電視
❹ ほんだな 本棚	書架，書櫃	⓫ ラジオ	收音機；無線電
❺ ラジカセ	錄放音機	⓬ せっけん 石鹸	香皂，肥皂
❻ れいぞうこ 冷蔵庫	冰箱，冷藏室	⓭ ストーブ	火爐，暖爐
❼ か びん 花瓶	花瓶		

Notice　天啊！ 5 折大拍賣！快背出所有主題 8 的單字。好來搶個便宜喔！

主題 9　交通工具

❶ 橋（はし）	橋樑		❽ 車（くるま）	車子的總稱，汽車
❷ 地下鉄（ちかてつ）	地下鐵		❾ 自動車（じどうしゃ）	車，汽車
❸ 飛行機（ひこうき）	飛機		❿ 自転車（じてんしゃ）	腳踏車
❹ 交差点（こうさてん）	十字路口		⓫ バス	巴士，公車
❺ タクシー	計程車		⓬ エレベーター	電梯，升降機
❻ 電車（でんしゃ）	電車		⓭ 町（まち）	城鎮；街道
❼ 駅（えき）	（鐵路的）車站		⓮ 道（みち）	路，道路

Notice 要怎麼坐車才會最快到達目的地呢？快利用主題 9 的單字達到終點吧！

主題 ⑩ 建築物

❶ 店 <ruby>みせ</ruby>	商店，店鋪		❽ デパート	百貨公司
❷ 映画館 <ruby>えいがかん</ruby>	電影院		❾ 八百屋 <ruby>やおや</ruby>	蔬果店，菜舖
❸ 病院 <ruby>びょういん</ruby>	醫院		❿ 公園 <ruby>こうえん</ruby>	公園
❹ 大使館 <ruby>たいしかん</ruby>	大使館		⓫ 銀行 <ruby>ぎんこう</ruby>	銀行
❺ 喫茶店 <ruby>きっさてん</ruby>	咖啡店		⓬ 郵便局 <ruby>ゆうびんきょく</ruby>	郵局
❻ レストラン	西餐廳		⓭ ホテル	（西式）飯店，旅館
❼ 建物 <ruby>たてもの</ruby>	建築物，房屋			

Notice 去旅行的時候怎麼問路呢？先把主題 10 的日文單字背起來吧！

主題 ⑪ 娛樂嗜好

❶ 映画 えい が	電影		❽ カメラ	照相機；攝影機
❷ 音楽 おん がく	音樂		❾ 写真 しゃ しん	照片
❸ レコード	唱片，黑膠唱片		❿ フィルム	底片；影片
❹ テープ	膠布；錄音帶		⓫ 外国 がい こく	外國，外洋
❺ ギター	吉他		⓬ 国 く に	國家；國土
❻ 歌 うた	歌曲		⓭ 荷物 に もつ	行李，貨物
❼ 絵 え	圖畫，繪畫			

主題 ⑫ 學校

❶ 言葉 こと ば	語言，詞語		❽ 図書館 と しょかん	圖書館
❷ 英語 えい ご	英語，英文		❾ ニュース	新聞，消息
❸ 学校 がっ こう	學校		❿ 話 はなし	說話，講話
❹ 大学 だい がく	大學		⓫ 病気 びょう き	生病，疾病
❺ 教室 きょうしつ	教室；研究室		⓬ 風邪 か ぜ	感冒，傷風
❻ クラス	階級；班級		⓭ 薬 くすり	藥，藥品
❼ 授業 じゅぎょう	上課，教課			

主題 ⑬ 學習

❶	問題 もんだい	問題；事項	❽	平仮名 ひらがな	平假名
❷	宿題 しゅくだい	作業，家庭作業	❾	漢字 かんじ	漢字
❸	テスト	考試，試驗	❿	作文 さくぶん	作文
❹	意味 いみ	意思，含意	⓫	留学生 りゅうがくせい	留學生
❺	名前 なまえ	名字，名稱	⓬	夏休み なつやすみ	暑假
❻	番号 ばんごう	號碼，號數	⓭	休み やす	休息；休假
❼	片仮名 かたかな	片假名			

小專欄

什麼是「和製漢字」呢？

➡ 就是由日本人獨創的漢字。這些字雖然在我們的國字裡是找不到的，但，看起來是不是有似曾相識的感覺呢？那是因為日本人是根據中國的造字法而自創的「會意」或「形聲」漢字。由於寫法及意思都跟中國漢字的部首關係密切。所以只要聯想漢字跟我們國字的意思，就能記住這些單字啦！例如：

・**働く**（工作）：「人」在「動」就是工作、勞動。
はたら

・**辻**（十字路口）：「十」是十字，「辶」是走。走到十字路，就
つじ　　　　　　　　是十字路口了。

・**畑**（旱田）：「火」是旱的意思，火田就是旱田了。
はたけ

・**峠**（山頂）：從「下」往「上」爬「山」，這樣一直爬就是山頂了。
とうげ

什麼是「外來語」呢？

➡ 外來語就是從外國借來的詞彙。主要指完全或部分音譯的詞彙喔！

例如：カメラ【camera】相機、テスト【test】考試、ニュース【news】新聞…等。

主題 ⑭ 文具用品

❶ お金 （かね）	錢，貨幣	❽ 本 （ほん）	書，書籍
❷ ボールペン	原子筆，鋼珠筆	❾ ノート	筆記本；備忘錄
❸ 万年筆 （まんねんひつ）	鋼筆	❿ 鉛筆 （えんぴつ）	鉛筆
❹ コピー	拷貝，複製，副本	⓫ 辞書 （じしょ）	字典，辭典
❺ 字引 （じびき）	字典，辭典	⓬ 雑誌 （ざっし）	雜誌，期刊
❻ ペン	筆，原子筆，鋼筆	⓭ 紙 （かみ）	紙
❼ 新聞 （しんぶん）	報紙		

Notice 您知道這些我們常用的文具用品日文怎麼說嗎？來背背看主題 14 的單字吧！

主題 ⑮ 工作及郵局

❶ 生徒 せいと	（中學、高中）學生	❽ 警官 けいかん	警官，警察
❷ 先生 せんせい	老師；醫生	❾ 葉書 はがき	明信片
❸ 学生 がくせい	學生	❿ 切手 きって	郵票
❹ 医者 いしゃ	醫生，大夫	⓫ 手紙 てがみ	信，書信
❺ お巡りさん まわ	警察，巡警	⓬ 封筒 ふうとう	信封，封套
❻ 会社 かいしゃ	公司；商社	⓭ 切符 きっぷ	票，車票
❼ 仕事 しごと	工作；職業	⓮ ポスト	郵筒，信箱

Notice 您知道下面這些職業跟物品日文怎麼說嗎？快來練練看主題 15 的單字吧！

主題 ⑯ 方向位置

❶ 東（ひがし）	東方，東邊	❽ 右（みぎ）	右邊，右手
❷ 西（にし）	西方，西邊	❾ 外（そと）	外面；戶外
❸ 南（みなみ）	南方，南邊	❿ 中（なか）	裡面，內部
❹ 北（きた）	北方，北邊	⓫ 前（まえ）	前，前面
❺ 上（うえ）	上面；年紀大	⓬ 後ろ（うし）	後面；背地裡
❻ 下（した）	下面；年紀小	⓭ 向こう（む）	對面；另一側
❼ 左（ひだり）	左邊，左手		

Notice 前面學過了各種建築的名稱，再接著背主題 16 的單字，問路就沒問題了！

主題 ⑰ 位置、距離、重量等

❶ 隣 <ruby>となり</ruby>	鄰居；隔壁		❽ キロ（グラム）	千克，公斤
❷ 側／傍 <ruby>そば</ruby>／<ruby>そば</ruby>	旁邊；附近		❾ グラム	公克
❸ 横 <ruby>よこ</ruby>	寬；旁邊		❿ キロ（メートル）	一千公尺，一公里
❹ 角 <ruby>かど</ruby>	角；角落		⓫ メートル	公尺，米
❺ 近く <ruby>ちか</ruby>	近旁；近期		⓬ 半分 <ruby>はんぶん</ruby>	一半，二分之一
❻ 辺 <ruby>へん</ruby>	附近；程度		⓭ 次 <ruby>つぎ</ruby>	下次；其次
❼ 先 <ruby>さき</ruby>	早；前端		⓮ 幾ら <ruby>いく</ruby>	多少（錢，數量等）

Notice 哇！池塘裡好多蝌蚪，還記得主題 17 的單字嗎？快來練習看看！

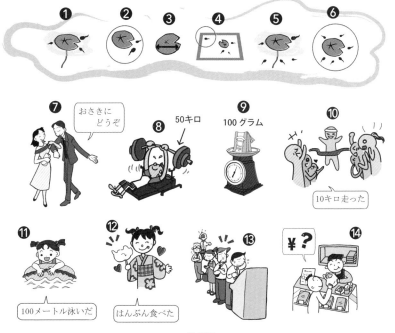

おさきに
どうぞ

50キロ

100グラム

10キロ走った

100メートル泳いだ

はんぶん食べた

¥?

主題 ❶ 意思相對的

❶ 熱い	熱的；熱心		⓵⑨ 大きい	巨大；廣大
❷ 冷たい	冷的；冷淡		⑳ 小さい	小的；微少
❸ 新しい	新的；新鮮的		㉑ 重い	重，沉重
❹ 古い	以往；老舊		㉒ 軽い	輕巧的；輕微的
❺ 厚い	厚；(感情)深厚		㉓ 面白い	好玩；新奇
❻ 薄い	薄；待人冷淡		㉔ つまらない	無趣；無意義
❼ 甘い	甜的；甜蜜的		㉕ 汚い	骯髒；雜亂無章
❽ 辛い／鹹い	辛辣；鹹的		㉖ 綺麗	漂亮；整潔
❾ 良い／良い	良好；可以		㉗ 静か	靜止；平靜
❿ 悪い	不好；錯誤		㉘ 賑やか	繁華；有說有笑
⑪ 忙しい	忙，忙碌		㉙ 上手	擅長，高明
⑫ 暇	時間；暇餘		㉚ 下手	不擅長，笨拙
⑬ 嫌い	厭惡，不喜歡		㉛ 狭い	狹窄，狹隘
⑭ 好き	喜好；愛		㉜ 広い	廣闊；廣泛
⑮ 美味しい	美味的，好吃的		㉝ 高い	貴；高的
⑯ 不味い	不好吃，難吃		㉞ 低い	低矮；卑微
⑰ 多い	多，多的		㉟ 近い	近；相似
⑱ 少ない	少，不多		㊱ 遠い	遠；久遠

㊲ <ruby>強<rt>つよ</rt></ruby>い	強壯；堅強		㊸ <ruby>難<rt>むずか</rt></ruby>しい	困難；麻煩
㊳ <ruby>弱<rt>よわ</rt></ruby>い	弱的；不擅長		㊹ やさしい	簡單，容易
㊴ <ruby>長<rt>なが</rt></ruby>い	長久，長遠		㊺ <ruby>明<rt>あか</rt></ruby>るい	明亮；鮮明
㊵ <ruby>短<rt>みじか</rt></ruby>い	短少；近		㊻ <ruby>暗<rt>くら</rt></ruby>い	黑暗；發暗
㊶ <ruby>太<rt>ふと</rt></ruby>い	粗，肥胖		㊼ <ruby>速<rt>はや</rt></ruby>い	快速
㊷ <ruby>細<rt>ほそ</rt></ruby>い	細小；狹窄		㊽ <ruby>遅<rt>おそ</rt></ruby>い	遲緩；（時間上）遲

主題 ❷　其他形容詞

❶ <ruby>暖<rt>あたた</rt></ruby>かい／<ruby>温<rt>あたた</rt></ruby>かい	溫暖的；親切的		❻ <ruby>無<rt>な</rt></ruby>い	沒有；無
❷ <ruby>危<rt>あぶ</rt></ruby>ない	危險；危急		❼ <ruby>早<rt>はや</rt></ruby>い	迅速，早
❸ <ruby>痛<rt>いた</rt></ruby>い	疼痛；痛苦		❽ <ruby>丸<rt>まる</rt></ruby>い／<ruby>円<rt>まる</rt></ruby>い	圓形，球形
❹ <ruby>可愛<rt>か わい</rt></ruby>い	可愛，討人喜愛		❾ <ruby>安<rt>やす</rt></ruby>い	便宜
❺ <ruby>楽<rt>たの</rt></ruby>しい	快樂，愉快		❿ <ruby>若<rt>わか</rt></ruby>い	年輕，有朝氣

小專欄

「同音異字」

そつ？　そつ、そう。

「同音異字」：讀音相同但寫法不同的字，字義有可能不同。例：

字彙	讀音	中譯	相反詞	例
熱い		熱的、燙的	<ruby>冷<rt>つめ</rt></ruby>たい	<ruby>熱<rt>あつ</rt></ruby>いスープ／熱湯
暑い	あつい	（天氣）炎熱的	<ruby>寒<rt>さむ</rt></ruby>い	<ruby>夏<rt>なつ</rt></ruby>は<ruby>暑<rt>あつ</rt></ruby>い／夏天很熱
厚い		厚的	<ruby>薄<rt>うす</rt></ruby>い	<ruby>厚<rt>あつ</rt></ruby>いコート／厚大衣

主題 ❸　其他形容動詞

❶ 嫌 いや	不喜歡；厭煩		❽ 大好き だい す	非常喜歡，最喜好
❷ 色々 いろいろ	各式各樣，形形色色		❾ 大切 たいせつ	重要；心愛
❸ 同じ おな	相同的；同一個		❿ 大変 たいへん	重大，嚴重
❹ 結構 けっこう	足夠；（表示否定）不要		⓫ 便利 べん り	方便，便利
❺ 元気 げん き	精神；健康		⓬ 本当 ほんとう	真正
❻ 丈夫 じょう ぶ	健康；堅固		⓭ 有名 ゆうめい	有名，著名
❼ 大丈夫 だいじょう ぶ	牢固；沒問題		⓮ 立派 りっ ぱ	出色；美觀

小專欄

形容動詞的
5 種種類

そつ？　そつ、そう。

種類	例
日文固有的形容動詞	鮮やかだ／鮮艷的 あざ
直接採用漢字的形容動詞	有名だ／有名的 ゆうめい
與漢字原意不同， 日本另創的漢字形容動詞	丈夫だ／堅固的 じょう ぶ
名詞加接尾詞「的」	健康的だ／健康的 けんこうてき
以外來語造的形容動詞	ユーモアだ／幽默的

主題 ❶ 意思相對的

❶ 飛ぶ	飛行，飛翔		⑲ 出掛ける	出門；要出去
❷ 歩く	走路，步行		⑳ 帰る	回來；回歸
❸ 入れる	放入；送進		㉑ 出る	出去，離開
❹ 出す	取出；伸出		㉒ 入る	進入，裝入
❺ 行く／行く	去往；離去		㉓ 起きる	立起來；起床
❻ 来る	來，到來		㉔ 寝る	睡覺；躺
❼ 売る	販賣；出賣		㉕ 脱ぐ	脱去，摘掉
❽ 買う	購買		㉖ 着る	（穿）衣服
❾ 押す	推擠；按壓		㉗ 休む	休息；就寢
⑩ 引く	拖；翻查		㉘ 働く	工作，勞動
⑪ 降りる	降落；(從車，船等)下來		㉙ 生まれる	出生；出現
⑫ 乗る	騎乘；登上		㉚ 死ぬ	死亡；停止活動
⑬ 貸す	借出；出租		㉛ 覚える	記住；學會
⑭ 借りる	借（進來）；租借		㉜ 忘れる	忘記；忘懷
⑮ 座る	坐，跪座		㉝ 教える	指導；教訓
⑯ 立つ	站立；升		㉞ 習う	學習，練習
⑰ 食べる	吃，喝		㉟ 読む	閱讀；唸
⑱ 飲む	喝，吞		㊱ 書く	書寫；作（畫）

㊲ 分（わ）かる	明白；瞭解	㊵ 話（はな）す	說；告訴（別人）
㊳ 困（こま）る	感到傷腦筋；難受	㊶ 描（か）く	繪製；描寫
㊴ 聞（き）く	聽；聽說		

Track 1-35

主題❷ 有自他動詞的（為了方便記憶，他動詞的單字中譯前，多加入了「使」字。）

❶ 開（あ）く	（自）打開；開業	❼ 閉（し）まる	（自）關閉
❷ 開（あ）ける	（他）使打開；使開始	❽ 閉（し）める	（他）使關閉；使繫緊
❸ 掛（か）かる	（自）掛上；覆蓋	❾ 並（なら）ぶ	（自）並排，對排
❹ 掛（か）ける	（他）使掛在；使戴上	❿ 並（なら）べる	（他）使排列；使擺放
❺ 消（き）える	（自）熄滅；消失	⓫ 始（はじ）まる	（自）開始；發生
❻ 消（け）す	（他）使撲滅；使抹去	⓬ 始（はじ）める	（他）使開始，使創始

小專欄

無相對應的自他動詞？

有些動詞是沒有相對應的自、他動詞喔！例：

類別	舉例
只有自動詞，無對應他動詞	行（い）く／去；歩（ある）く／走
只有他動詞，無對應自動詞	読（よ）む／讀；送（おく）る／寄送
自動詞和他動詞同形	伴（ともな）う／伴隨；結（むす）ぶ／結合

そつ？
そつ、そう。

下圖就是要讓您把主題 2 的自他動詞，一次弄懂！

釘子呢？

不看了

嘿咻

要開始上課了

開始上課吧

主題 ❸ する動詞

❶ する	做，進行		❻ 勉強・する	努力學習，唸書
❷ 洗濯・する	洗衣服，清洗		❼ 練習・する	練習，反覆學習
❸ 掃除・する	打掃，清掃		❽ 結婚・する	結婚
❹ 旅行・する	旅行，旅遊		❾ 質問・する	提問，問題
❺ 散歩・する	散步，隨便走走			

主題 ❹ 其他動詞

❶ 会う	見面，遇見		⓫ 歌う	唱歌；歌頌
❷ 上げる／挙げる	送給；舉起		⓬ 置く	放置；降
❸ 遊ぶ	遊玩；遊覽		⓭ 泳ぐ	游泳；穿過
❹ 浴びる	淋；曬		⓮ 終わる	完畢，結束
❺ 洗う	清洗；（徹底）調查		⓯ 返す	歸還；送回（原處）
❻ 在る	在，存在		⓰ 掛ける	打電話
❼ 有る	持有，具有		⓱ 被る	戴（帽子等）；蓋（被子）
❽ 言う	說；講話		⓲ 切る	裁剪；切傷
❾ 居る	有；居住		⓳ 下さい	請給（我）；請～
❿ 要る	需要，必要		⓴ 答える	回答，解答

㉑ 咲（さ）く	開（花）
㉒ 差（さ）す	撐（傘等）；插
㉓ 締（し）める	勒緊；繫著
㉔ 知（し）る	得知；理解
㉕ 吸（す）う	吸；啜
㉖ 住（す）む	居住；棲息
㉗ 頼（たの）む	請求；委託
㉘ 違（ちが）う	差異；錯誤
㉙ 使（つか）う	使用；雇傭
㉚ 疲（つか）れる	疲倦，疲勞
㉛ 着（つ）く	到達；寄到
㉜ 作（つく）る	做；創造
㉝ 点（つ）ける	點燃；扭開（開關）
㉞ 勤（つと）める	工作；任職
㉟ 出来（でき）る	辦得到；做好
㊱ 止（と）まる	停止；停頓
㊲ 取（と）る	拿取；摘
㊳ 撮（と）る	拍照，拍攝
㊴ 鳴（な）く	叫，鳴
㊵ 無（な）くす	喪失

㊶ 為（な）る	成為；當（上）
㊷ 登（のぼ）る	登；攀登（山）
㊸ 履（は）く／穿（は）く	穿（鞋，襪；褲子等）
㊹ 走（はし）る	奔跑；行駛
㊺ 貼（は）る	貼上，黏上
㊻ 弾（ひ）く	彈奏，彈撥
㊼ 吹（ふ）く	（風）刮；吹氣
㊽ 降（ふ）る	落，降（雨，雪，霜等）
㊾ 曲（ま）がる	彎曲；拐彎
㊿ 待（ま）つ	等待；期待
(51) 磨（みが）く	擦亮；研磨
(52) 見（み）せる	讓～看；表示
(53) 見（み）る	觀看；照料
(54) 申（もう）す	稱；說
(55) 持（も）つ	拿，攜帶
(56) やる	做；送去
(57) 呼（よ）ぶ	呼叫；喚來
(58) 渡（わた）る	過（河）；（從海外）渡來
(59) 渡（わた）す	交給，交付

主題 ❶ 時候

❶ 一昨日 _{おととい}	前天	⑬ 午後 _{ごご}	下午，午後
❷ 昨日 _{きのう}	昨天；近來	⑭ 夕方 _{ゆうがた}	傍晚
❸ 今日 _{きょう}	今天	⑮ 晩 _{ばん}	晚，晚上
❹ 今 _{いま}	現在；馬上	⑯ 夜 _{よる}	晚上，夜裡
❺ 明日 _{あした}	明天	⑰ 夕べ _{ゆう}	昨天晚上，昨夜
❻ 明後日 _{あさって}	後天	⑱ 今晩 _{こんばん}	今天晚上，今夜
❼ 毎日 _{まいにち}	每天，天天	⑲ 毎晩 _{まいばん}	每天晚上
❽ 朝 _{あさ}	早上，早晨	⑳ 後 _{あと}	（時間）以後；（地點）後面
❾ 今朝 _{けさ}	今天早上	㉑ 初め（に）_{はじ}	開始；起因
❿ 毎朝 _{まいあさ}	每天早上	㉒ 時間 _{じかん}	時間；時刻
⓫ 昼 _{ひる}	中午；午飯	㉓ ～時間 _{じかん}	～小時，～點鐘
⓬ 午前 _{ごぜん}	上午，午前	㉔ 何時 _{いつ}	幾時；平時

主題 ❷ 年、月份

❶ 先月 _{せんげつ}	上個月	❹ 毎月／毎月 _{まいげつ／まいつき}	每個月
❷ 今月 _{こんげつ}	這個月	❺ 一月 _{ひとつき}	一個月
❸ 来月 _{らいげつ}	下個月	❻ 一昨年 _{おととし}	前年

❼ 去年 きょねん	去年		⓫ 毎年／毎年 まいねん　まいとし	每年
❽ 今年 ことし	今年		⓬ 年 とし	年；年紀
❾ 来年 らいねん	明年		⓭ ～時 とき	時
❿ 再来年 さらいねん	後年			

主題 ❸　代名詞

❶ これ	這個；此時		⓬ どちら	哪裡，哪位
❷ それ	那個；那時		⓭ この	這～，這個～
❸ あれ	那個；那時		⓮ その	那～，那個～
❹ どれ	哪個		⓯ あの	那裡，哪個
❺ ここ	這裡；（表程度，場面）此		⓰ どの	哪個，哪～
❻ そこ	那兒，那邊		⓱ こんな	這樣的，這種的
❼ あそこ	那邊		⓲ どんな	什麼樣的；不拘什麼樣的
❽ どこ	何處，哪裡		⓳ 誰 だれ	誰，哪位
❾ こちら	這邊；這位		⓴ 誰か だれ	誰啊
❿ そちら	那裡；那位		㉑ どなた	哪位，誰
⓫ あちら	那裡；那位		㉒ 何／何 なに　なん	什麼；表示驚訝

主題 ❹ 感嘆詞及接續詞

❶ ああ	（表示驚訝等）啊；哦
❷ あのう	喂；嗯（招呼人時，說話躊躇或不能馬上說出下文時）
❸ いいえ	（用於否定）不是，沒有
❹ ええ／ええ	（用降調表示肯定）是的；（用升調表示驚訝）哎呀
❺ さあ	（表示勸誘，催促）來；表遲疑的聲音
❻ じゃ／じゃあ	那麼（就）
❼ そう	（回答）是；那麼
❽ では	那麼，這麼說

❾ はい	（回答）有；（表示同意）是的
❿ もしもし	（打電話）喂
⓫ しかし	然而，可是
⓬ そうして／そして	然後；於是
⓭ それから	然後；其次
⓮ それでは	如果那樣；那麼
⓯ でも	可是；就算

小專欄 感歎詞及接續詞種類	接續詞用法種類	例	感歎詞種類	例
	順接	それで／因此	應答	ええ／是的
	逆接	しかし／然而	招呼、建議、確認、提醒等	ねえねえ／喂 おいおい／喂喂
	添加、並列	そして／然後		
そつ? そつ、そう。	對比、選擇	それとも／還是	表示驚訝、感動、喜悅、困惑	うわあ／哎呀 あら／哦
	轉換話題	それでは／那麼		

主題 ⑤ 副詞、副助詞

❶ 余り あま	不太～，不怎麼～	⓭ 時々 ときどき	有時，偶而
❷ 一々 いちいち	一個一個；全部	⓴ とても	非常；無論如何也～
❸ 一番 いちばん	第一；最好	㉑ 何故 なぜ	為何，為什麼
❹ 何時も いつ	隨時；日常	㉒ 初めて はじ	最初，第一次
❺ すぐ (に)	立刻；輕易	㉓ 本当に ほんとう	真正，真實
❻ 少し すこ	一下子；少量	㉔ 又 また	再；也
❼ 全部 ぜんぶ	全部，總共	㉕ 未だ ま	還；仍然
❽ 大抵 たいてい	大體；多半	㉖ 真っ直ぐ ま す	筆直；一直
❾ 大変 たいへん	很，非常	㉗ もう	另外，再
❿ 沢山 たくさん	很多；足夠	㉘ もう	已經；馬上就要
⓫ 多分 た ぶん	大概；恐怕	㉙ もっと	更，進一步
⓬ 段々 だんだん	漸漸地	㉚ ゆっくり (と)	再，更稍微
⓭ 丁度 ちょうど	剛好；正	㉛ よく	經常，常常
⓮ 一寸 ちょっと	稍微；一下子	㉜ 如何 いかが	如何，怎麼樣
⓯ どう	怎麼，如何	㉝ ～位／～位 くらい ぐらい	大概，左右 (推測)
⓰ どうして	為什麼；如何	㉞ ずつ	每～；表示反覆多次
⓱ どうぞ	請；可以	㉟ だけ	只～
⓲ どうも	實在；謝謝	㊱ ながら	邊～邊～，一面～ 一面～

主題 ⑥ 接頭、接尾詞及其他

❶	御〜／御〜	表示尊敬語及美化語	⓮	〜達	〜們，〜等
❷	〜時	〜點，〜時	⓯	〜屋	〜店，商店或工作人員
❸	〜半	〜半，一半	⓰	〜語	〜語
❹	〜分／〜分	（時間）〜分;（角度）分	⓱	〜がる	覺得〜
❺	〜日	號（日期）；天（計算日數）	⓲	〜人	〜人
❻	〜中	整個，全	⓳	〜等	〜等
❼	〜中	期間，正在〜當	⓴	〜度	〜次；〜度
❽	〜月	〜月	㉑	〜前	〜前，之前
❾	〜ヶ月	〜個月	㉒	〜時間	〜小時，〜點鐘
❿	〜年	年（也用於計算年數）	㉓	〜円	日圓（日本的貨幣單位）；圓（形）
⓫	〜頃／〜頃	（表示時間）左右；正好的時候	㉔	皆	大家，全部
⓬	〜過ぎ	超過〜，過渡	㉕	方	（用於並列或比較屬於哪一）部類，類型
⓭	〜側	〜邊；〜方面	㉖	外	其他；旁邊

N5
vocabulary

JLPT

N5單字＋文法

-五十音順編排

0001 ☐☐☐ **ああ**

週2 1

感（表肯定）哦；嗯；<u>あ</u>あ（表驚訝等）啊，唉呀

類 あっ（啊！）

例 ああ、<u>白</u>いセーターの<u>人</u>ですか。
／啊！是穿白色毛衣的人嗎？

文法
形容詞＋名詞
▶ 形容詞修飾名詞。形容詞本身有「…的」之意，所以形容詞不再加「の」。

0002 ☐☐☐ **あう**【会う】

自五 見面，會面；偶遇，碰見

對 <u>別</u>れる（離別）

例 <u>大山</u>さんと<u>駅</u>で<u>会</u>いました。
／我在車站與大山先生碰了面。

文法
と［跟…］
▶ 表示跟對象互相進行某動作，如結婚、吵架或偶然在哪裡碰面等等。

0003 ☐☐☐ **あおい**【青い】

形 藍的，綠的，青的；不成熟

類 ブルー（blue・藍色）；<u>若</u>い（不成熟）

例 そこの<u>海</u>は<u>青</u>くてきれいです。
／那裡的海洋既蔚藍又美麗。

文法
そこ［那裡］
▶ 場所指示代名詞。指離聽話者近的場所。

0004 ☐☐☐ **あかい**【赤い】

形 紅的

類 レッド（red・紅色）

例 <u>赤</u>いトマトがおいしいですよ。
／紅色的蕃茄很好吃喔。

文法
よ［喔］
▶ 請對方注意，或使對方接受自己的意見時，用來加強語氣。說話者認為對方不知道，想引起對方注意。
▶ 近 句子＋わ［…呢］

0005 ☐☐☐ **あかるい**【明るい】

形 明亮；光明，明朗；鮮艷

類 <u>元気</u>（朝氣） 對 <u>暗</u>い（暗）

例 <u>明</u>るい<u>色</u>が<u>好</u>きです。
／我喜歡亮的顏色。

文法
が
▶ 表示好惡、需要及想要得到的對象，還有能夠做的事情、明白瞭解的事物，以及擁有的物品。

0006 □□□

あき
【秋】

⑧ 秋天，秋季

類 フォール（fall・秋天）；季節（季節） 對 春（春天）

例 秋は涼しくて食べ物もおいしいです。
／秋天十分涼爽，食物也很好吃。

文法
…は…です［…是…］
▶ 主題是後面要敘述或判斷的對象。對象只限「は」所提示範圍。「です」表示對主題的斷定或説明。

0007 □□□

あく
【開く】

⑧ 開，打開；開始，開業

類 開く（打開） 對 閉まる（關閉）

例 日曜日、食堂は開いています。 ／星期日餐廳有營業。

0008 □□□

あける
【開ける】

他下一 打開，開（著）；開業

類 開く（打開） 對 閉める（關閉）

例 ドアを開けてください。 ／請把門打開。

文法 を
▶ 表示動作的目的或對象。
▶ 近をもらいます［得到］

0009 □□□

あげる
【上げる】

他下一 舉起；抬起

對 下げる（降下）

例 分かった人は手を上げてください。
／知道的人請舉手。

文法
動詞＋名詞
▶ 動詞的普通形，可以直接修飾名詞。

0010 □□□

あさ
【朝】

⑧ 早上，早晨；早上，午前

類 昼（白天） 對 晩（晩上）

例 朝、公園を散歩しました。／早上我去公園散了步。

文法 を
▶ 表示經過或移動的場所。

0011 □□□

あさごはん
【朝ご飯】

⑧ 早餐，早飯

類 朝食（早飯） 對 晩ご飯（晩餐）

例 朝ご飯を食べましたか。／吃過早餐了嗎？

文法 を
▶ 表動作的目的或對象。

JLPT
73

0012 □□□

あさって
【明後日】

名 後天

類 明後日（後天）　對 一昨日（前天）

例 あさってもいい天気ですね。

／後天也是好天氣呢！

文法
…も…[也…，又…]
▶ 用於再累加上同一類型的事物。

0013 □□□

あし
【足】

名 腳；（器物的）腿

類 体（身體）　對 手（手）

例 私の犬は足が白い。

／我的狗狗腳是白色的。

文法 …の…[…的…]
▶ 用於修飾名詞，表示該名詞的所有者、內容說明、作成者、數量、材料還有時間、位置等等。
▶ 近 名詞＋の [名詞修飾主語]

0014 □□□

あした
【明日】

名 明天

類 明日（明天）　對 昨日（昨天）

例 村田さんは明日病院へ行きます。

／村田先生明天要去醫院。

文法
へ[往…，去…]
▶ 前接跟地方有關的名詞，表示動作、行為的方向。同時也指行為的目的地。

0015 □□□

あそこ

代 那邊，那裡

類 あちら（那裡）

例 あそこまで走りましょう。

／一起跑到那邊吧。

文法
ましょう[做…吧]
▶ 表示勸誘對方一起做某事。一般用在做那一行為、動作，事先已規定好，或已成為習慣的情況。

0016 □□□

あそぶ
【遊ぶ】

自五 遊玩；閒著；旅行；沒工作

類 暇（空閒）　對 働く（工作）

例 ここで遊ばないでください。

／請不要在這裡玩耍。

文法
ここ[這裡]
▶ 場所指示代名詞。指離說話者近的場所。

0017
☐☐☐
あ|**たたか**|**い**
【暖かい】

㊒ 溫暖的；溫和的

⦿優しい（有同情心的）；親切（親切）　⦿涼しい（涼爽）；温い（不涼不熱）

⦿ この部屋は暖かいです。
　／這個房間好暖和。

0018
☐☐☐
あ|**たま**|
【頭】

㊔ 頭；頭髮；（物體的上部）頂端

⦿首（頭部）　⦿尻（屁股）
⦿ 私は風邪で頭が痛いです。
　／我因為感冒所以頭很痛。

文法
…で［因為…]
▶ 表示原因、理由。

0019
☐☐☐
あ|**たら**|**しい**
【新しい】

㊒ 新的；新鮮的；時髦的

⦿若い（年輕）　⦿古い（舊）
⦿ この食堂は新しいですね。
　／這間餐廳很新耶！

文法
この［這…]
▶ 指示連體詞。指離説話者近的事物。

0020
☐☐☐
あ|**ちら**

㊖ 那兒，那裡；那個；那位

⦿あそこ（那裡）
⦿ プールはあちらにあります。
　／游泳池在那邊。

文法
…は…にあります
［…在…]
▶ 表示無生命事物的存在場所。
▶ 近 …は…にいます［…在…／表示有生命物存在某場所]

0021
☐☐☐
あ|**つい**
【厚い】

㊒ 厚；（感情，友情）深厚，優厚

⦿広い（寬闊）　⦿薄い（薄）
⦿ 冬は厚いコートがほしいです。
　／冬天我想要一件厚大衣。

文法
…がほしい［…想要…]
▶ 表示説話者想要把什麼東西弄到手，想要把什麼東西變成自己的。

0022 あつい 【暑い】

☐☐☐

形 （天氣）熱，炎熱

對 寒い（寒冷的）

例 私の国の夏は、とても暑いです。

／我國夏天是非常炎熱。

文法

…は…です［…是…］

▶ 主題是後面要敘述或判斷的對象。對象只限「は」所提示範圍。「です」表示對主題的斷定或說明。

0023 あと 【後】

☐☐☐

名 （地點）後面；（時間）以後；（順序）之後；（將來的事）以後

類 後ろ（背後）　對 先（前面）

例 顔を洗った後で、歯を磨きます。

／洗完臉後刷牙。

文法

たあとで［…以後…］

▶ 表示前項的動作做完後，相隔一定的時間發生後項的動作。

0024 あなた 【貴方・貴女】

☐☐☐

代 （對長輩或平輩尊稱）你，您；（妻子稱呼先生）老公

類 君（妳，你）　對 私（我）

例 あなたのお住まいはどちらですか。

／你府上哪裡呢？

文法

どちら［哪邊；哪位］

▶ 方向指示代名詞，表示方向的不確定和疑問。也可以用來指人。也可說成「どっち」。

0025 あに 【兄】

☐☐☐

②

名 哥哥，家兄；姐夫

類 姉（姉姉）　對 弟（弟弟）

例 兄は料理をしています。

／哥哥正在做料理。

文法

動詞＋ています

▶ 表示動作或事情的持續，也就是動作或事情正在進行中。

0026 あね 【姉】

☐☐☐

名 姉姉，家姉；嫂子

類 兄（家兄）　對 妹（妹妹）

例 私の姉は今年から銀行に勤めています。

／我姊姊今年開始在銀行服務。

文法

動詞＋ています

▶ 表示現在在做什麼職業。也表示某一動作持續到現在。

0027 あの

☐☐☐

連體（表第三人稱，離說話雙方都距離遠的）那，那裡，那個

對 この（這，這個）

例 あの眼鏡の方は山田さんです。
／那位戴眼鏡的是山田先生。

文法
あの [那⋯]
▶ 指示連體詞。指說話者及聽話者範圍以外的事物。後面必須接名詞。

0028 あのう

☐☐☐

感 那個，請問，喂；啊，嗯（招呼人時，說話躊躇或不能馬上說出下文時）

類 あの（喂，那個⋯）；あのね（喂，那個⋯）

例 あのう、本が落ちましたよ。
／喂！你書掉了唷！

文法
が
▶ 描寫眼睛看得到的、耳朵聽得到的事情。

0029 アパート
【apartment house 之略】

☐☐☐

名 公寓

類 マンション（mansion・公寓大廈）；家（房子）

例 あのアパートはきれいで安いです。
／那間公寓既乾淨又便宜。

文法
形容動詞で＋形容詞
▶ 表示句子還沒說完時暫時停頓，以及屬性的並列之意。還有輕微的原因。

0030 あびる
【浴びる】

☐☐☐

他上一 淋，浴，澆；照，曬

類 洗う（洗）

例 シャワーを浴びた後で朝ご飯を食べました。／沖完澡後吃了早餐。

0031 あぶない
【危ない】

☐☐☐

形 危險，不安全；令人擔心；（形勢，病情等）危急

類 危険（危險） **對** 安全（安全）

例 あ、危ない！車が来ますよ。／啊！危險！有車子來囉！

0032 あまい
【甘い】

☐☐☐

形 甜的；甜蜜的

類 美味しい（好吃） **對** 辛い（辣）

例 このケーキはとても甘いです。／這塊蛋糕非常甜。

0033 □□□
あまり
【余り】

副（後接否定）不太…，不怎麼…；過分，非常

類 あんまり（不大…）；とても（非常）

例 今日はあまり忙しくありません。
　　／今天不怎麼忙。

文法
…は…ません
▶「は」前面的名詞或代名詞是動作、行為否定的主體。

0034 □□□
あめ
【雨】

名 雨，下雨，雨天

類 雪（雪）　**對** 晴れ（晴天）

例 昨日は雨が降ったり風が吹いたりしました。
　　／昨天又下雨又颳風。

文法
…たり、…たりします
［又是…，又是…；有時…，有時…］
▶ 表動作的並列，舉出代表性的，暗示還有其他的。另表動作的反覆實行，説明有多種情況或對比情況。

0035 □□□
あらう
【洗う】

他五 沖洗，清洗；洗滌

類 洗濯（洗滌）　**對** 汚す（弄髒）

例 昨日洋服を洗いました。　／我昨天洗了衣服。

0036 □□□
ある
【在る】

自五 在，存在

類 いる（在）　**對** 無い（沒有）

例 トイレはあちらにあります。
　　／廁所在那邊。

文法
あちら［那邊；那位］
▶ 方向指示代名詞，指離説話者和聽話者都遠的方向。也可以用來指人。也可説成「あっち」。

0037 □□□
ある
【有る】

自五 有，持有，具有

類 いる（有）；持つ（持有）　**對** 無い（沒有）

例 春休みはどのぐらいありますか。
　　／春假有多久呢？

文法
どのぐらい［多久］
▶ 可視句子的內容，翻譯成「多久、多少、多少錢、多長、多遠」等。

0038
□□□

あるく
【歩く】

(自五) 走路，步行

(類) 散歩 (散步)；走る (奔跑) (對) 止まる (停止)

(例) 歌を歌いながら歩きましょう。
　　／一邊唱歌一邊走吧！

文法

ながら [一邊…一邊…]
▶ 表示同一主體同時進行兩個動作。

0039
□□□

あれ

(代) 那，那個；那時；那裡

(類) あちら (那個) (對) これ (這個)

(例) これは日本語の辞書で、あれは英語の辞書です。
　　／這是日文辭典，那是英文辭典。

文法

これ [這個]
▶ 事物指示代名詞。指離說話者近的事物。

い

0040
□□□

いい・よい
【良い】

(形) 好，佳，良好；可以

(類) 結構 (非常好) (對) 悪い (不好)

(例) ここは静かでいい公園ですね。
　　／這裡很安靜，真是座好公園啊！

文法

ね [啊，呢]
▶ 表示輕微的感嘆，或話中帶有徵求對方認同的語氣。另外也表示跟對方做確認的語氣。

0041
□□□

いいえ

(感) (用於否定) 不是，不對，沒有

(類) いや (不) (對) はい、ええ、うん (是)

(例) 「コーヒー、もういっぱいいかがですか。」「いいえ、結構です。」
　　／「要不要再來一杯咖啡呢？」「不了，謝謝。」

文法

いかが [如何，怎麼樣]
▶ 詢問對方的想法及健康狀況，及不知情況如何或該怎麼做等。比「どう」禮貌更佳。也用在勸誘時。

0042 □□□
いう
【言う】

(自・他五) 說，講；說話，講話

類 話す（說）

例 山田さんは「家内といっしょに行きました。」と言いました。
／山田先生說「我跟太太一起去了」。

文法
…と
▶ 引用內容。表示說了什麼、寫了什麼。

0043 □□□
いえ
【家】

(名) 房子，房屋；（自己的）家；家庭

類 家（自家；房屋）；お宅（家；府上）；住まい（住處）

例 毎朝何時に家を出ますか。
／每天早上幾點離開家呢？

文法
なん [什麼]
▶ 代替名稱或情況不瞭解的事物。也用在詢問數字時。

0044 □□□
いかが
【如何】

(副・形動) 如何，怎麼樣

類 どう（怎麼樣）

例 ご飯をもういっぱいいかがですか。
／再來一碗飯如何呢？

文法
か [嗎，呢]
▶ 接於句末，表示問別人自己想知道的事。

0045 □□□
いく・ゆく
【行く】
③

(自五) 去，往；離去；經過，走過

類 出かける（出門） 對 来る（來）

例 大山さんはアメリカに行きました。
／大山先生去了美國。

文法
に [往…，去…]
▶ 前接跟地方有關的名詞，表示動作、行為的方向。同時也指行為的目的地。

0046 □□□
いくつ
【幾つ】

(名) （不確定的個數，年齡）幾個，多少；幾歲

類 何個（多少個）；いくら（多少）

例 りんごは幾つありますか。
／有幾顆蘋果呢？

文法
いくつ [幾個、多少]
▶ 表示不確定的個數，只用在問小東西的時候。

0047 □□□
いくら
【幾ら】
名 多少（錢，價格，數量等）

類 どのくらい（多少）

例 この本はいくらですか。
/這本書多少錢？

文法
いくら[多少]
▶ 表示不明確的數量、程度、價格、工資、時間、距離等。

0048 □□□
いけ
【池】
名 池塘；（庭院中的）水池

類 湖（湖泊）

例 池の中に魚がいます。
/池子裡有魚。

文法
…に…がいます […有…]
▶ 表某處存在某物或人。也就是有生命的人或動物的存在場所。

0049 □□□
いしゃ
【医者】
名 醫生，大夫

類 先生（醫生；老師） 對 患者（病患）

例 私は医者になりたいです。
/我想當醫生。

文法
たい […想要做…]
▶ 表示說話者內心希望某一行為能實現，或是強烈的願望。疑問句時表示聽話者的願望。

0050 □□□
いす
【椅子】
名 椅子

類 席（席位） 對 机（桌子）

例 椅子や机を買いました。
/買了椅子跟書桌。

文法
…や…[…和…]
▶ 表示在幾個事物中，列舉出二、三個來做為代表，其他的事物就被省略下來，沒有全部說完。

0051 □□□
いそがしい
【忙しい】
形 忙，忙碌

對 暇（空閒）

例 忙しいから、新聞は読みません。
/因為太忙了，所以沒看報紙。

文法
…から、…[因為…]
▶ 表示原因、理由。說話者出於個人主觀理由，進行請求、命令、希望、主張及推測。
▶ 近 なくて[因為沒有…；不…所以…]

0052 □□□
いたい
【痛い】

形 疼痛；（因為遭受打擊而）痛苦，難過

類 大変（嚴重）

例 午前中から耳が痛い。
／從早上開始耳朵就很痛。

文法
ちゅう[整…]
▶ 表示那個期間裡之意。
▶ 近 ちゅう[…中，正在…]
▶ 表示正在做什麼。
例「電話中」（電話中）

0053 □□□
いただきます
【頂きます】

寒暄 （吃飯前的客套話）我就不客氣了

對 ご馳走様（我吃飽了）

例 では、頂きます。／那麼，我要開動了。

0054 □□□
いち
【一】

名 （數）一；第一，最初；最好

類 一つ（一個）

例 日本語は一から勉強しました。
／從頭開始學日語。

0055 □□□
いちいち
【一々】

副 ——，一個一個；全部；詳細

類 一つ一つ（一個一個）

例 ペンをいちいち数えないでください。
／筆請不要一支支數。

文法
…ないでください
[請不要…]
▶ 表示否定的請求命令，請求對方不要做某事。

0056 □□□
いちにち
【一日】

名 一天，終日；一整天；一號（ついたち）

類 1日（1號）　對 毎日（每天）

例 今日は一日中暑かったです。
／今天一整天都很熱。

文法
じゅう[整…]
▶ 表示整個時間上的期間一直怎樣，或整個空間上的範圍之內。

0057

□□□

いちばん
【一番】

名・副 最初，第一；最好，最優秀

類 初<ruby>初<rt>はじ</rt></ruby>め（最初；開始）

例 <ruby>誰<rt>だれ</rt></ruby>が<ruby>一番<rt>いちばん</rt></ruby><ruby>早<rt>はや</rt></ruby>く<ruby>来<rt>き</rt></ruby>ましたか。
／誰是最早來的？

文法
だれ［誰］
▶ 是詢問人的詞。

0058

□□□

いつ
【何時】

代 何時，幾時，什麼時候；平時

類 <ruby>何時<rt>なんじ</rt></ruby>（幾點鐘）

例 <ruby>冬休<rt>ふゆやす</rt></ruby>みはいつから<ruby>始<rt>はじ</rt></ruby>まりましたか。
／寒假是什麼時候開始放的？

文法
いつ［何時，幾時］
▶ 表示不肯定的時間或疑問。

0059

□□□

いつか
【五日】

名 （毎月）五號，五日；五天

類 <ruby>5日間<rt>いつかかん</rt></ruby>（五天）

例 <ruby>一ヶ月<rt>いっかげつ</rt></ruby>に<ruby>五日<rt>いつか</rt></ruby>ぐらい<ruby>走<rt>はし</rt></ruby>ります。
／我一個月大約跑五天步。

文法
に
▶ 表示某一範圍內的數量或次數。

0060

□□□

いっしょ
【一緒】

名・自サ 一塊，一起；一樣；（時間）一齊，同時

對 <ruby>別<rt>べつ</rt></ruby>（個別）

例 <ruby>明日<rt>あした</rt></ruby><ruby>一緒<rt>いっしょ</rt></ruby>に<ruby>映画<rt>えいが</rt></ruby>を<ruby>見<rt>み</rt></ruby>ませんか。
／明天要不要一起看場電影啊？

文法
ませんか［要不要…呢］
▶ 表示行為、動作是否要做，在尊敬對方抉擇的情況下，有禮貌地勸誘一起做某事。

0061

□□□

いつつ
【五つ】

名 （數）五個；五歲；第五（個）

類 <ruby>五個<rt>ごこ</rt></ruby>（五個）

例 <ruby>日曜日<rt>にちようび</rt></ruby>は<ruby>息子<rt>むすこ</rt></ruby>の<ruby>五<rt>いつ</rt></ruby>つの<ruby>誕生日<rt>たんじょうび</rt></ruby>です。
／星期日是我兒子的五歲生日。

0062 □□□

いつも
【何時も】

副 經常，隨時，無論何時

類 たいてい（大都）；よく（經常）　對 ときどき（偶爾）

例 私はいつも電気を消して寝ます。
／我平常會關燈睡覺。

文法
動詞＋て
▶ 這些行為動作一個接著一個，按照時間順序進行。

0063 □□□

いぬ
【犬】

名 狗

類 動物（動物）；ペット（pet・寵物）

例 猫は外で遊びますが、犬は遊びません。
／貓咪會在外頭玩，可是狗不會。

文法
…は…が、…は…[但是…]
▶ 區別、比較兩個對立的事物，對照地提示兩種事物。

0064 □□□

いま
【今】

名 現在，此刻
副 （表最近的將來）馬上；剛才

類 さっき（剛才）　對 昔（以前）

例 今何をしていますか。
／你現在在做什麼呢？

文法
なに[什麼]
▶ 代替名稱或情況不瞭解的事物。

0065 □□□

いみ
【意味】

名 （詞句等）意思，含意，意義

類 意義（意義）

例 このカタカナはどういう意味でしょう。
／這個片假名是什麼意思呢？

0066 □□□

いもうと
【妹】

名 妹妹（鄭重說法是「妹さん」）

類 弟（弟弟）　對 姉（姊姊）

例 公園で妹と遊びます。
／我和妹妹在公園玩。

文法
で[在…]
▶ 表示動作進行的場所。

0067 □□□

いや【嫌】

形動 討厭，不喜歡，不願意；厭煩

類 嫌い（討厭）　對 好き（喜歡）

例 今日は暑くて嫌ですね。
／今天好熱，真討厭。

文法

形容詞く＋て
▶ 表示句子還沒説完到此暫時停頓和屬性的並列的意思。還有輕微的原因。

0068 □□□

いらっしゃい・いらっしゃいませ

寒暄 歡迎光臨

類 ようこそ（歡迎）

例 いらっしゃいませ。何名様でしょうか。／歡迎光臨，請問有幾位？

0069 □□□

いりぐち【入り口】

名 入口，門口

類 口（出入口）；玄関（玄關）　對 出口（出口）

例 あそこは建物の入り口です。
／那裡是建築物的入口。

文法

あそこ［那裡］
▶ 場所指示代名詞。指離説話者和聽話者都遠的場所。

0070 □□□

いる【居る】

自上一 （人或動物的存在）有，在；居住在

類 有る（有，在）

例 どのぐらい東京にいますか。
／你要待在東京多久？

文法

に
▶ 表示存在的場所。後接「います」和「あります」表存在。「います」用在有生命物體的人，或動物的名詞。

0071 □□□

いる【要る】

自五 要，需要，必要

類 欲しい（想要）

例 郵便局へ行きますが、林さんは何かいりますか。
／我要去郵局，林先生要我幫忙辦些什麼事？

文法

が
▶ 在向對方詢問、請求、命令之前，作為一種開場白使用。

なにか［某些，什麼］
▶ 表示不確定。

0072 □□□ いれる 【入れる】

(他下一) 放入，裝進；送進，收容；計算進去

類 仕舞う（收拾起來） 對 出す（拿出）

例 青いボタンを押してから、テープを入れます。
／按下藍色按鈕後，再放入錄音帶。

文法
てから［先做…，然後再做…］
► 表示前句的動作做完後，進行後句的動作。強調先做前項的動作。
► 近 たあとで［…以後…］

0073 □□□ いろ 【色】

(名) 顏色，彩色

類 カラー（color・顏色）

例 公園にいろいろな色の花が咲いています。
／公園裡開著各種顏色的花朵。

0074 □□□ いろいろ 【色々】

(名・形動・副) 各種各樣，各式各樣，形形色色

類 様々（各式各樣）

例 ここではいろいろな国の人が働いています。
／來自各種不同國家的人在這裡工作。

文法
では
► 強調格助詞前面的名詞的作用。

0075 □□□ いわ 【岩】

(名) 岩石

類 石（石頭）

例 お寺の近くに大きな岩があります。
／寺廟的附近有塊大岩石。

文法
…に…があります［…有…］
► 表某處存在某物。也就是無生命事物的存在場所。

0076 □□□
うえ
【上】
名（位置）上面，上部

對下（下方）

例 りんごが机の上に置いてあります。
／桌上放著蘋果。

他動詞 + てあります
［…著；已…了］
▶ 表示抱著某個目的、
有意圖地去執行，當動
作結束之後，那一動作
的結果還存在的狀態。

0077 □□□
うしろ
【後ろ】
名 後面；背面，背地裡

類後（後面；以後）　對前（前面）

例 山田君の後ろに立っているのは誰ですか。
／站在山田同學背後的是誰呢？

0078 □□□
うすい
【薄い】
形 薄；淡，淺；待人冷淡；稀少

類細い（細小的）　對厚い（厚的）

例 パンを薄く切りました。
／我將麵包切薄了。

形容詞く + 動詞
▶ 形容詞修飾句子裡的
動詞。

0079 □□□
うた
【歌】
名 歌，歌曲

類音楽（音樂）

例 私は歌で50音を勉強しています。
／我用歌曲學50音。

で［用…；乘坐…］
▶ 動作的方法、手段；
或表示用的交通工具。

0080 □□□
うたう
【歌う】
他五 唱歌；歌頌

類踊る（跳舞）

例 毎週一回、カラオケで歌います。／每週唱一次卡拉 OK。

0081
□□□
うち
【家】
㉑ 自己的家裡（庭）；房屋

♤家（自家；房屋）；家族（家族）♢外（外面）
例きれいな家に住んでいますね。
／你住在很漂亮的房子呢！

文法

形容動詞な＋名詞
▶ 形容動詞修飾後面的名詞。

0082
□□□
うまれる
【生まれる】
自下一 出生；出現

♤誕生する（誕生）♢死ぬ（死亡）
例その女の子は外国で生まれました。
／那個女孩是在國外出生的。

文法

その［那…］
▶ 指示連體詞。指離聽話者近的事物。

0083
□□□
うみ
【海】
㉑ 海，海洋

♤川（河川）♢山（山）
例海へ泳ぎに行きます。
／去海邊游泳。

文法

…へ…に
▶ 表移動的場所與目的。

0084
□□□
うる
【売る】
他五 賣，販賣；出賣

♤セールス（sales・銷售）♢買う（購買）
例この本屋は音楽の雑誌を売っていますか。
／這間書店有賣音樂雜誌嗎？

0085
□□□
うわぎ
【上着】
㉑ 上衣；外衣

♤コート（coat・上衣）♢下着（內衣）
例春だ。もう上着はいらないね。
／春天囉。已經不需要外套了。

文法

もう［已經…了］
▶ 後接否定。表示不能繼續某種狀態了。一般多用於感情方面達到相當程度。

0086
□□□

え
【絵】

名 畫，圖畫，繪畫

類 字（文字）

例 この絵は誰が描きましたか。
／這幅畫是誰畫的？

文法

が
▶ 前接疑問詞。「が」也可以當作疑問詞的主語。

あ

か

0087
□□□

えいが
【映画】

名 電影（或唸：えいが）

類 写真（照片）；映画館（電影院）

例 9時から映画が始まりました。
／電影9點就開始了。

さ

0088
□□□

えいがかん
【映画館】

名 電影院

例 映画館は人でいっぱいでした。
／電影院裡擠滿了人。

た

な

0089
□□□

えいご
【英語】

名 英語，英文

類 日本語（日語）；言葉（語言）

例 アメリカで英語を勉強しています。
／在美國學英文。

は

0090
□□□

ええ

感（用降調表示肯定）是的，嗯；（用升調表示驚訝）哎呀，啊

類 はい、うん（是）　對 いいえ、いや（不是）

例「お母さんはお元気ですか。」「ええ、おかげさまで元気です。」
／「您母親還好嗎？」「嗯，託您的福，她很好。」

ま

や

0091
□□□

5

えき
【駅】

名（鐵路的）車站

類 バス停（公車站）；飛行場（機場）；港（港口）

例 駅で友達に会いました。
／在車站遇到了朋友。

文法

に［給…，跟…］
▶ 表示動作、作用的對象。

ら

わ

練習

0092
エレベーター
【elevator】
名 電梯，升降機

類 階段（樓梯）
例 1階でエレベーターに乗ってください。
／請在一樓搭電梯。

文法
…てください[請…]
▶ 表示請求、指示或命令某人做某事。

0093
えん
【円】
名・接尾 日圓（日本的貨幣單位）；圓（形）

類 ドル（dollar・美金）；丸（圓形）
例 それは二つで5万円です。
／那種的是兩個共五萬日圓。

文法
…で…[共…]
▶ 表示數量示數量、金額的總和。

0094
えんぴつ
【鉛筆】
名 鉛筆

類 ボールペン（ballpen・原子筆）
例 これは鉛筆です。／這是鉛筆。

お

0095
お・おん
【御】
接頭 您（的）…，貴…；放在字首，表示尊敬語及美化語

類 御（貴〈表尊敬〉）
例 広いお庭ですね。／（貴）庭園真寬敞啊！

0096
おいしい
【美味しい】
形 美味的，可口的，好吃的

類 旨い（美味） 對 不味い（難吃）
例 この料理はおいしいですよ。／這道菜很好吃喔！

0097
おおい
【多い】
形 多，多的

類 沢山（很多） 對 少ない（少）
例 友だちは、多いほうがいいです。
／多一點朋友比較好。

讀書計劃：□□／□□／□□

0098 【大きい】 おおきい
形（數量，體積，身高等）大，巨大；（程度，範圍等）大，廣大
類 広い（寬闊的）　對 小さい（小的）
例 名前は大きく書きましょう。／名字要寫大一點喔！

0099 【大勢】 おおぜい
名 很多人，眾多人；人數很多
類 沢山（很多）　對 一人（一個人）
例 部屋には人が大勢いて暑いです。／房間裡有好多人，很熱。
文法 には ▶ 強調格助詞前面的名詞的作用。

0100 【お母さん】 おかあさん
名（「母」的鄭重說法）媽媽，母親
類 母（家母）　對 お父さん（父親）
例 あれはお母さんが洗濯した服です。／那是母親洗好的衣服。
文法 あれ［那個］ ▶ 事物指示代名詞。指說話者、聽話者範圍以外的事物。

0101 【お菓子】 おかし
名 點心，糕點
類 ケーキ（cake・蛋糕）
例 お菓子はあまり好きではありません。／不是很喜歡吃點心。
文法 あまり…ません［（不）很；（不）怎樣；沒多少］ ▶ 表示程度不特別高，數量不特別多。

0102 【お金】 おかね
名 錢，貨幣
類 円（日圓）
例 車を買うお金がありません。／沒有錢買車子。

0103 【起きる】 おきる
自上一（倒著的東西）起來，立起來，坐起來；起床
類 立つ（站立；出發）　對 寝る（睡覺）
例 毎朝6時に起きます。／每天早上6點起床。
文法 に［在…］ ▶ 在某時間做某事。表示動作、作用的時間。

0104
□□□

おく
【置く】

他五 放，放置；放下，留下，丟下

類 取る（放著） 對 捨てる（丟棄）

例 机の上に本を置かないでください。
／桌上請不要放書。

文法 に［…到；對…；在…；給…］
▶「に」前面接物或場所，表施加動作的對象，或施加動作的場所、地點。

0105
□□□

おくさん
【奥さん】

名 太太；尊夫人

類 妻（太太） 對 ご主人（您的丈夫）

例 奥さん、今日は野菜が安いよ。／太太，今天蔬菜很便宜喔。

0106
□□□

おさけ
【お酒】

名 酒（「酒」的鄭重說法）；清酒

類 ビール（beer・啤酒）

例 みんながたくさん飲みましたから、もうお酒はありません。
／因為大家喝了很多，所以已經沒有酒了。

0107
□□□

おさら
【お皿】

名 盤子（「皿」的鄭重說法）

例 お皿は 10 枚ぐらいあります。
／盤子大約有 10 個。

文法 ぐらい［大約，左右，上下］
▶ 表數量上的推測、估計。一般用在無法預估正確的數量，或數量不明確時。

0108
□□□

おじいさん
【お祖父さん・お爺さん】

名 祖父；外公；（對一般老年男子的稱呼）爺爺

類 祖父（祖父） 對 お祖母さん（祖母）

例 鈴木さんのおじいさんはどの人ですか。／鈴木先生的祖父是哪一位呢？

0109
□□□

おしえる
【教える】

他下一 教授；指導；教訓；告訴

類 授業（授課） 對 習う（學習）

例 山田さんは日本語を教えています。
／山田先生在教日文。

文法 動詞＋ています
▶ 表示現在在做什麼職業。也表示某動作持續到現在。

| 0110 □□□ | **お**じ**さん** 【伯父さん・叔父さん】 | 名 伯伯，叔叔，舅舅，姨丈，姑丈 |

對 伯母さん（伯母）
例 伯父さんは６５歳です。／伯伯65歲了。

| 0111 □□□ | **お**す 【押す】 | 他五 推，擠；壓，按；蓋章 |

對 引く（拉）
例 白いボタンを押してから、テープを入れます。
／按下白色按鍵之後，放入錄音帶。

| 0112 □□□ | **お**そ**い** 【遅い】 | 形 （速度上）慢，緩慢；（時間上）遲的，晚到的；趕不上 |

類 ゆっくり（慢，不著急）對 速い（快）
例 山中さんは遅いですね。
／山中先生好慢啊！

| 0113 □□□ | **お**ちゃ 【お茶】 | 名 茶，茶葉（「茶」的鄭重說法）；茶道 |

類 ティー（tea・茶）；紅茶（紅茶）
例 喫茶店でお茶を飲みます。
／在咖啡廳喝茶。

| 0114 □□□ | **お**て**あらい** 【お手洗い】 | 名 廁所，洗手間，盥洗室 |

類 トイレ（toilet・廁所）
例 お手洗いはあちらです。
／洗手間在那邊。

| 0115 □□□ | **お**と**うさん** 【お父さん】 | 名 （「父」的鄭重說法）爸爸，父親 |

類 父（家父）對 お母さん（母親）
例 お父さんは庭にいましたか。／令尊有在庭院嗎？

0116
☐☐☐

おとうと
【弟】

名 弟弟（鄭重說法是「弟さん」）

類 妹（妹妹）　對 兄（哥哥）

例 私は姉が二人と弟が二人います。
／我有兩個姊姊跟兩個弟弟。

文法 …と…[…和…，…與…]
▶ 表示幾個事物的並列。想要敘述的主要東西，全部都明確地列舉出來。
▶ 近 とおなじ[和…相同的]

0117
☐☐☐

おととい
【一昨日】

名 前天

類 一昨日（前天）　對 明後日（後天）

例 おととい傘を買いました。／前天買了雨傘。

0118
☐☐☐
6

おととし
【一昨年】

名 前年

類 一昨年（前年）　對 再来年（後年）

例 おととし旅行しました。／前年我去旅行了。

0119
☐☐☐

おとな
【大人】

名 大人，成人

類 成人（成年人）　對 子ども（小孩子）

例 運賃は大人500円、子ども２５０円です。
／票價大人是五百日圓，小孩是兩百五十日圓。

0120
☐☐☐

おなか
【お腹】

名 肚子；腸胃

類 腹（腹部）　對 背中（背後）

例 もうお昼です。お腹が空きましたね。
／已經中午了。肚子餓扁了呢。

文法 もう[已經…了]
▶ 後接肯定。表示行為、事情到了某個時間已經完了。

0121
☐☐☐

おなじ
【同じ】

名・連體・副 相同的，一樣的，同等的；同一個

類 一緒（一樣；一起）　對 違う（不同）

例 同じ日に６回も電話をかけました。
／同一天內打了六通之多的電話。

文法 …も…[之多]
▶ 前接數量詞，表示數量比一般想像的還多，有強調多的作用。含有意外的語氣。

あ

0122
□□□

おにいさん
【お兄さん】

(名) 哥哥(「兄さん」的鄭重說法)

(類) お姉さん (姉姉)

(例) どちらがお兄さんの本ですか。
　　　/哪一本書是哥哥的?

文法
が
▶「が」也可以當作疑問詞的主語。

か

0123
□□□

おねえさん
【お姉さん】

(名) 姉姉(「姉さん」的鄭重說法)

(類) お兄さん (哥哥)

(例) 山田さんはお姉さんといっしょに買い物に行きました。
　　　/山田先生和姉姉一起去買東西了。

文法
といっしょに[跟…一起]
▶ 表示一起去做某事的對象。

さ

た

0124
□□□

おねがいします
【お願いします】

(寒暄) 麻煩,請

(類) 下さい (請給〈我〉)

(例) 台湾まで航空便でお願いします。
　　　/請幫我用航空郵件寄到台灣。

な

0125
□□□

おばあさん
【お祖母さん・お婆さん】

(名) 祖母;外祖母;(對一般老年婦女的稱呼)老婆婆

(類) 祖母 (祖母) (對) お祖父さん (祖父)

(例) 私のおばあさんは10月に生まれました。 /我奶奶是十月生的。

は

ま

0126
□□□

おばさん
【伯母さん・叔母さん】

(名) 姨媽,嬸嬸,姑媽,伯母,舅媽

(對) 伯父さん (伯伯)

(例) 伯母さんは弁護士です。 /我姑媽是律師。

や

ら

0127
□□□

おはようございます

(寒暄) (早晨見面時)早安,您早

(類) おはよう (早安)

(例) おはようございます。いいお天気ですね。 /早安。今天天氣真好呢!

わ

練習

0128
□□□
おべんとう
【お弁当】
名 便當

類 駅弁（車站便當）

例 コンビニにいろいろなお弁当が売っています。
／便利超商裡賣著各式各樣的便當。

0129
□□□
おぼえる
【覚える】
他下一 記住，記得；學會，掌握

類 知る（理解）　對 忘れる（忘記）

例 日本語の歌をたくさん覚えました。
／我學會了很多日本歌。

0130
□□□
おまわりさん
【お巡りさん】
名 （俗稱）警察，巡警

類 警官（警察官）

例 お巡りさん、駅はどこですか。
／警察先生，車站在哪裡？

文法
どこ［哪裡］
▶ 場所指示代名詞。表示場所的疑問和不確定。
▶ 近 どこかへ［去某地方］

0131
□□□
おもい
【重い】
形 （份量）重，沉重

對 軽い（輕）

例 この辞書は厚くて重いです。
／這本辭典又厚又重。

0132
□□□
おもしろい
【面白い】
形 好玩；有趣，新奇；可笑的

類 楽しい（愉快的）　對 つまらない（無聊）

例 この映画は面白くなかった。　／這部電影不好看。

0133
□□□
おやすみなさい
【お休みなさい】
寒暄 晚安

類 お休み（晚安）；さようなら（再見）

例 もう寝ます。おやすみなさい。／我要睡囉。晚安！

0134
□□□

およぐ
【泳ぐ】

（自五）（人，魚等在水中）游泳；穿過，擠過

類 水泳（游泳）

例 私は夏に海で泳ぎたいです。
／夏天我想到海邊游泳。

0135
□□□

おりる
【下りる・降りる】

（自上一）【下りる】（從高處）下來，降落；（霜雪等）落下；【降りる】（從車，船等）下來

類 落ちる（掉下去）對 登る（登上）；乗る（乘坐）

例 ここでバスを降ります。
／我在這裡下公車。

文法

を

▶ 表動作離開的場所用「を」。例如，從家裡出來或從車、船、飛機等交通工具下來。

0136
□□□

おわる
【終わる】

（自五）完畢，結束，終了

類 止まる（停止；中斷）對 始まる（開始）

例 パーティーは9時に終わります。／派對在9點結束。

0137
□□□

おんがく
【音楽】

（名）音樂

類 ミュージック（music・音樂）；歌（歌曲）

例 雨の日は、アパートの部屋で音楽を聞きます。
／下雨天我就在公寓的房裡聽音樂。

0138
□□□

かい
【回】

⟨7⟩

名・接尾 …回，次數

類 度（次・次數）
例 1日に3回薬を飲みます。／一天吃三次藥。

0139
□□□

かい
【階】

接尾 （樓房的）…樓，層

類 階段（樓梯）
例 本屋は5階のエレベーターの前にあります。
／書店位在5樓的電梯前面。

0140
□□□

がいこく
【外国】

名 外國，外洋

類 海外（海外） 對 国内（國內）
例 来年弟が外国へ行きます。
／弟弟明年會去國外。

0141
□□□

がいこくじん
【外国人】

名 外國人

類 外人（外國人） 對 邦人（本國人）
例 日本語を勉強する外国人が多くなった。
／學日語的外國人變多了。

0142
□□□

かいしゃ
【会社】

名 公司；商社

類 企業（企業）
例 田中さんは一週間会社を休んでいます。
／田中先生向公司請了一週的假。

0143
□□□

かいだん
【階段】

名 樓梯，階梯，台階

類 エスカレーター（escalator・自動電扶梯）
例 来週の月曜日の午前10時には、階段を使います。
／下週一早上10點，會使用到樓梯。

0144 □□□
かいもの
【買い物】
⑧ 購物，買東西；要買的東西

⑱ ショッピング（shopping・購物）
⑲ デパートで買い物をしました。
　　／在百貨公司買東西了。

0145 □□□
かう
【買う】
⑩五 購買

⑳ 売る（賣）
⑲ 本屋で本を買いました。
　　／在書店買了書。

0146 □□□
かえす
【返す】
⑩五 還，歸還，退還；送回（原處）

⑱ 戻す（歸還）　⑳ 借りる（借）
⑲ 図書館へ本を返しに行きます。
　　／我去圖書館還書。

文法
に［去…，到…］
▶ 表示動作、作用的目的、目標。

0147 □□□
かえる
【帰る】
⑧五 回來，回家；歸去；歸還

⑱ 帰国（回國）　⑳ 出かける（外出）
⑲ 昨日うちへ帰るとき、会社で友達に傘を借りました。／昨天回家的時候，在公司向朋友借了把傘。

文法
…とき［…的時候…］
▶ 表示與此同時並行發生其他的事情。

0148 □□□
かお
【顔】
⑧ 臉，面孔；面子，顏面

⑲ 顔が赤くなりました。／臉紅了。

0149 □□□
かかる
【掛かる】
⑧五 懸掛，掛上；覆蓋；花費

⑱ 掛ける（懸掛）
⑲ 壁に絵が掛かっています。
　　／牆上掛著畫。

文法
動詞＋ています
▶ 表示某一動作後的結果或狀態還持續到現在，也就是說話的當時。

0150
□□□
かぎ
【鍵】

（名）鑰匙；鎖頭；關鍵

（類）キー（key・鑰匙）

（例）これは自転車の鍵です。／這是腳踏車的鑰匙。

0151
□□□
かく
【書く】

（他五）寫，書寫；作（畫）；寫作（文章等）

（類）作る（書寫；創作）（對）読む（閱讀）

（例）試験を始めますが、最初に名前を書いてください。／考試即將開始，首先請將姓名寫上。

文法

が
▶ 在向對方詢問、請求、命令之前，作為一種開場白使用。

0152
□□□
かく
【描く】

（他五）畫，繪製；描寫，描繪

（類）引く（畫〈線〉）

（例）絵を描く。／畫圖。

0153
□□□
がくせい
【学生】

（名）學生（主要指大專院校的學生）

（類）生徒（學生）（對）先生（老師）

（例）このアパートは学生にしか貸しません。
／這間公寓只承租給學生。

文法

しか［只・僅僅］
▶ 表示限定。一般帶有因不足而感到可惜、後悔或困擾的心情。

0154
□□□
かげつ
【ヶ月】

（接尾）…個月

（例）仕事で3ヶ月日本にいました。
／因為工作的關係，我在日本待了三個月。

0155
□□□
かける
【掛ける】

（他下一）掛在（牆壁）；戴上（眼鏡）；捆上

（類）被る（戴〈帽子等〉）

（例）ここに鏡を掛けましょう。
／鏡子掛在這裡吧！

0156
☐☐☐

かす
【貸す】

他五 借出，借給；出租；提供幫助（智慧與力量）

類 あげる（給予） 對 借りる（借入）
例 辞書を貸してください。
／請借我辭典。

0157
☐☐☐

かぜ
【風】

名 風

例 今日は強い風が吹いています。
／今天颳著強風。

0158
☐☐☐

かぜ
【風邪】

名 感冒，傷風

類 病気（生病）
例 風邪を引いて、昨日から頭が痛いです。
／因為感冒了，從昨天開始就頭很痛。

文法
動詞＋て
▶ 表示原因。

0159
☐☐☐

かぞく
【家族】

名 家人，家庭，親屬

類 家庭（家庭；夫婦）
例 日曜日、家族と京都に行きます。
／星期日我要跟家人去京都。

文法
と［跟…一起］
▶ 表示一起去做某事的對象。

0160
☐☐☐

かた
【方】

名 位，人（「人」的敬稱）

類 人（人）
例 山田さんはとてもいい方ですね。
／山田先生人非常地好。

0161
☐☐☐
⑧

がた
【方】

接尾 （前接人稱代名詞，表對複數的敬稱）們，各位

類 たち（你們的）
例 先生方。
／各位老師。

文法
がた［…們］
▶ 表示人的複數的敬稱，說法比「たち」更有禮貌。

0162 □□□
かたかな
【片仮名】
名 片假名

類 字（文字） 對 平仮名（平假名）
例 ご住所は片仮名で書いてください。
　／請用片假名書寫您的住址。

0163 □□□
がつ
【月】
接尾 …月

類 日（…日）
例 私のおばさんは 10 月に結婚しました。 ／我阿姨在十月結婚了。

0164 □□□
がっこう
【学校】
名 學校；（有時指）上課

類 スクール（school・學校）
例 田中さんは昨日病気で学校を休みました。
　／田中昨天因為生病請假沒來學校。

0165 □□□
カップ
【cup】
名 杯子；（有把）茶杯

類 コップ（〈荷〉kop・杯子）
例 贈り物にカップはどうでしょうか。
　／禮物就送杯子怎麼樣呢？

文法
どう［如何，怎麼樣］
▶ 詢問對方的想法及健康狀況，及不知情況如何或該怎麼做等。也用在勸誘時。

0166 □□□
かど
【角】
名 角；（道路的）拐角，角落

類 隅（角落）
例 その店の角を左に曲がってください。
　／請在那家店的轉角左轉。

0167 □□□
かばん
【鞄】
名 皮包，提包，公事包，書包

類 スーツケース（suitcase・旅行箱）
例 私は新しい鞄がほしいです。 ／我想要新的包包。

0168
☐☐☐

かびん
【花瓶】

⑧ 花瓶

類 入れ物（容器）
例 花瓶に水を入れました。
／把水裝入花瓶裡。

0169
☐☐☐

かぶる
【被る】

他五 戴（帽子等）；（從頭上）蒙，蓋（被子）；（從頭上）套，穿

類 履く（穿） 對 脱ぐ（脱掉）
例 あの帽子をかぶっている人が田中さんです。
／那個戴著帽子的人就是田中先生。

0170
☐☐☐

かみ
【紙】

⑧ 紙

類 ノート（note・筆記；筆記本）
例 本を借りる前に、この紙に名前を書いてください。
／要借書之前，請在這張紙寫下名字。

文法

まえに［…之前，先…］
▶ 表示動作的順序，也就是做前項動作之前，先做後項的動作。
▶ 近名詞＋のまえに［…前］

0171
☐☐☐

カメラ
【camera】

⑧ 照相機；攝影機

類 写真（照片）
例 このカメラはあなたのですか。
／這台相機是你的嗎？

文法

…の［…的］
▶ 擁有者的所屬物。這裡的準體助詞「の」，後面可以省略前面出現過的名詞，不需要再重複，或替代該名詞。

0172
☐☐☐

かようび
【火曜日】

⑧ 星期二

類 火曜（週二）
例 火曜日に 600 円返します。
／星期二我會還你六百日圓。

0173
□□□

からい
【辛い】

形 辣，辛辣；鹹的；嚴格

類 味（味道） 對 甘い（甜）
例 山田さんは辛いものが大好きです。
／山田先生最喜歡吃辣的東西了。

0174
□□□

からだ
【体】

名 身體；體格，身材

對 心（心靈）
例 体をきれいに洗ってください。
／請將身體洗乾淨。

文法
形容動詞に＋動詞
▶ 形容動詞修飾句子裡
的動詞。

0175
□□□

かりる
【借りる】

他上一 借進（錢、東西等）；借助

類 もらう（領取） 對 貸す（借出）
例 銀行からお金を借りた。
／我向銀行借了錢。

文法
から［從…，由…］
▶ 表示從某對象借東西、
從某對象聽來的消息，或
從某對象得到東西等。

0176
□□□

がる

接尾 想，覺得…

例 きれいなものを見てほしがる人が多い。
／很多人看到美麗的事物，就覺得想得到它。

0177
□□□

かるい
【軽い】

形 輕的，輕快的；（程度）輕微的；輕鬆的

對 重い（沈重）
例 この本は薄くて軽いです。
／這本書又薄又輕。

0178
□□□

カレンダー
【calendar】

名 日曆；全年記事表

類 曜日（星期）
例 きれいな写真のカレンダーですね。 ／好漂亮的相片日曆喔！

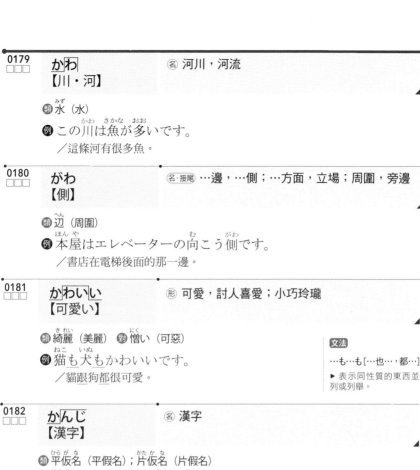

0179 □□□
かわ
【川・河】
(名) 河川，河流

類 水^{みず}（水）

例 この川^{かわ}は魚^{さかな}が多^{おお}いです。
　／這條河有很多魚。

0180 □□□
がわ
【側】
(名・接尾) …邊，…側；…方面，立場；周圍，旁邊

類 辺^{へん}（周圍）

例 本屋^{ほんや}はエレベーターの向^むこう側^{がわ}です。
　／書店在電梯後面的那一邊。

0181 □□□
かわいい
【可愛い】
(形) 可愛，討人喜愛；小巧玲瓏

類 綺麗^{きれい}（美麗） 對 憎^{にく}い（可惡）

例 猫^{ねこ}も犬^{いぬ}もかわいいです。
　／貓跟狗都很可愛。

文法
…も…も［…也…，都…］
▶ 表示同性質的東西並列或列舉。

0182 □□□
かんじ
【漢字】
(名) 漢字

類 平仮名^{ひらがな}（平假名）；片仮名^{かたかな}（片假名）

例 先生^{せんせい}、この漢字^{かんじ}は何^{なん}と読^よむのですか。
　／老師，這個漢字怎麼唸？

き

0183 □□□
き
【木】
(名) 樹，樹木；木材

類 葉^は（樹葉） 對 草^{くさ}（草）

例 木^きの下^{した}に犬^{いぬ}がいます。
　／樹下有隻狗。

あ
か
さ
た
な
は
ま
や
ら
わ
練習

0184 □□□
きいろい
【黄色い】
形 黄色，黄色的

類 イエロー（yellow・黄色）
例 私のかばんはあの黄色いのです。
／我的包包是那個黃色的。

0185 □□□

きえる
【消える】
自下一 （燈，火等）熄滅；（雪等）融化；消失，看不見

類 無くなる（不見）
例 風でろうそくが消えました。／風將燭火給吹熄了。

0186 □□□
きく
【聞く】
他五 聽，聽到；聽從，答應；詢問

類 質問（詢問） 對 話す（說）
例 宿題をした後で、音楽を聞きます。／寫完作業後，聽音樂。

0187 □□□
きた
【北】
名 北，北方，北邊

類 北方（北方） 對 南（南方）
例 北海道は日本の一番北にあります。／北海道在日本的最北邊。

0188 □□□
ギター
【guitar】
名 吉他

例 土曜日は散歩したり、ギターを練習したりします。
／星期六我會散散步、練練吉他。

0189 □□□
きたない
【汚い】
形 骯髒；（看上去）雜亂無章，亂七八糟

類 汚れる（弄髒） 對 綺麗（漂亮；乾淨）
例 汚い部屋だねえ。掃除してください。
／真是骯髒的房間啊！請打掃一下。

0190
□□□
きっさてん
【喫茶店】
（名）咖啡店

（類）カフェ（〈法〉café・咖啡館）

（例）昼ご飯は駅の前の喫茶店で食べます。／午餐在車站前的咖啡廳吃。

0191
□□□
きって
【切手】
（名）郵票

（類）封筒（信封）

（例）郵便局で切手を買います。／在郵局買郵票。

0192
□□□
きっぷ
【切符】
（名）票，車票

（例）切符を二枚買いました。／買了兩張車票。

0193
□□□
きのう
【昨日】
（名）昨天；近來，最近；過去

（對）明日（明天）

（例）昨日は誰も来ませんでした。
／昨天沒有任何人來。

文法
だれも［誰也（不）…，
誰都（不）…］
▶ 後接否定。表示全面的
否定。

0194
□□□
きゅう・く
【九】
（名）（數）九；九個

（類）九つ（九個）

（例）子どもたちは九時ごろに寝ます。
／小朋友們大約九點上床睡覺。

文法
たち［…們］
▶ 接在人稱代名詞的後面，
表示人的複數。

ごろ［左右］
▶ 表示大概的時間。一
般只接在年月日，和鐘
點的詞後面。

0195
□□□
ぎゅうにく
【牛肉】
（名）牛肉

（類）ビーフ（beef・牛肉）；肉（肉）

（例）それはどこの国の牛肉ですか。
／那是哪個國家產的牛肉？

文法 それ［那個］
▶ 事物指示代名詞。指
離聽話者近的事物。

0196 ☐☐☐ ぎゅうにゅう【牛乳】

名 牛奶

類 ミルク（milk・牛奶）

例 お風呂に入ってから、牛乳を飲みます。
／洗完澡後喝牛奶。

文法
に
▶ 表示動作移動的到達點。

0197 ☐☐☐ きょう【今日】

名 今天

類 今（現在）

例 今日は早く寝ます。
／今天我要早點睡。

0198 ☐☐☐ きょうしつ【教室】

名 教室；研究室

例 教室に学生が三人います。
／教室裡有三個學生。

0199 ☐☐☐ きょうだい【兄弟】

名 兄弟；兄弟姊妹；親如兄弟的人

對 姉妹（姊妹）

例 私は女の兄弟が四人います。／我有四個姊妹。

0200 ☐☐☐ きょねん【去年】

名 去年

對 来年（明年）

例 去年の冬は雪が1回しか降りませんでした。
／去年僅僅下了一場雪。

0201 ☐☐☐ きらい【嫌い】

形動 嫌惡，厭惡，不喜歡

類 嫌（不喜歡）　對 好き（喜歡）

例 魚は嫌いですが、肉は好きです。
／我討厭吃魚，可是喜歡吃肉。

文法
が [但是]
▶ 表示逆接。連接兩個對立的事物，前句跟後句內容是相對立的。

0202 □□□

きる
【切る】

(他五) 切，剪，裁剪；切傷

(類) カット（cut・切斷）

(例) ナイフ_きですいかを切った。
/用刀切開了西瓜。

0203 □□□

きる
【着る】

(他上一)（穿）衣服

(類) 着_きける（穿上） (對) 脱_ぬぐ（脫）

(例) 寒_{さむ}いのでたくさん服_{ふく}を着_きます。
/因為天氣很冷，所以穿很多衣服。

0204 □□□

きれい
【綺麗】

(形動) 漂亮，好看；整潔，乾淨

(類) 美_{うつく}しい（美麗） (對) 汚_{きたな}い（骯髒）

(例) 鈴木_{すずき}さんの自転車_{じてんしゃ}は新_{あたら}しくてきれいです。/鈴木先生的腳踏車又新又漂亮。

0205 □□□

キロ
【(法)kilogramme之略】

(名) 千克，公斤

(補) キログラム之略

(例) 鈴木_{すずき}さんの体重_{たいじゅう}は120キロ以上_{いじょう}だ。/鈴木小姐的體重超過120公斤。

0206 □□□

キロ
【(法)kilo mètre 之略】

(名) 一千公尺，一公里

(補) キロメートル之略

(例) 大阪_{おおさか}から東京_{とうきょう}まで500キロあります。
/大阪距離東京500公里。

0207 □□□

ぎんこう
【銀行】

(名) 銀行

(類) バンク（bank・銀行）

(例) 日曜日_{にちようび}は銀行_{ぎんこう}が閉_しまっています。/週日銀行不營業。

0208

きんようび
【金曜日】

名 星期五

類 金曜（週五）

例 来週の金曜日友達と出かけるつもりです。
／下週五我打算跟朋友出去。

文法

つもり[打算…，準備…]
► 打算作某行為的意志。
是事前而非臨時決定，且
想做的意志相當堅定。
► 近 動詞ない形＋つもり
[不打算…]

0209

くすり
【薬】

名 藥，藥品

類 病院（醫院）

例 頭が痛いときはこの薬を飲んでください。／頭痛的時候請吃這個藥。

0210

ください
【下さい】

補助 （表請求對方作）請給（我）；請…

類 お願いします（拜託您了）

例 部屋をきれいにしてください。／請把房間整理乾淨。

0211

くだもの
【果物】

名 水果，鮮果

類 フルーツ（fruit・水果）

例 毎日果物を食べています。
／每天都有吃水果。

文法

動詞 + ています
► 有習慣做同一動作的意思。

0212

くち
【口】

名 口，嘴巴

類 入り口（入口）

例 口を大きく開けて。風邪ですね。／張大嘴巴。你感冒了喲。

0213

くつ
【靴】

名 鞋子

類 シューズ（shoes・鞋子）；スリッパ（slipper・拖鞋）

例 靴を履いて外に出ます。／穿上鞋子出門去。

0214
☐☐☐

くつした
【靴下】

名 襪子

類 ソックス（socks・襪子）
例 寒いから、厚い靴下を穿きなさい。／天氣很冷，所以穿上厚襪子。

0215
☐☐☐

くに
【国】

名 國家；國土；故鄉

類 田舎（家鄉）
例 世界で一番広い国はどこですか。／世界上國土最大的國家是哪裡？

0216
☐☐☐

くもる
【曇る】

自五 變陰；模糊不清

類 天気（天氣） 對 晴れる（天晴）
例 明後日の午前は晴れますが、午後から曇ります。
　／後天早上是晴天，從午後開始轉陰。

0217
☐☐☐

くらい
【暗い】

形 （光線）暗，黑暗；（顏色）發暗，發黑

類 ダーク（dark・暗） 對 明るい（亮）
例 空が暗くなりました。／天空變暗了。

0218
☐☐☐

くらい・ぐらい
【位】

副助 （數量或程度上的推測）大概，左右，上下

類 ほど（大約）
例 郵便局までどれぐらいかかりますか。
　／到郵局大概要花多少時間？

文法
どれぐらい [多久]
▶ 可視句子的內容，翻譯成「多久、多少、多少錢、多長、多遠」等。
▶ 近 どのぐらい [多久]

0219
☐☐☐

クラス
【class】

名 （學校的）班級；階級，等級

類 組（班）
例 男の子だけのクラスはおもしろくないです。
　／只有男生的班級一點都不好玩！

文法
だけ [只，僅僅]
▶ 表示只限於某範圍，除此以外沒有別的了。

0220 □□□
グラス
【glass】

(名) 玻璃杯；玻璃

(類) コップ（kop・杯子）

(例) すみません、グラス二つください。
／不好意思，請給我兩個玻璃杯。

文法
…ください [我要…，給我…]
▶ 表示想要什麼的時候，跟某人要求某事物。

0221 □□□
グラム
【（法）gramme】

(名) 公克

(例) 牛肉を 500 グラム買う。／買伍佰公克的牛肉。

0222 □□□
くる
【来る】

(自力) （空間，時間上的）來；到來

(類) 帰る（回來）　(對) 行く（去）

(例) 山中さんはもうすぐ来るでしょう。
／山中先生就快來了吧！

文法
でしょう[也許…，大概…吧]
▶ 表示說話者的推測，說話者不是很確定。
▶ (近) でしょう[…對吧／表示確認]

0223 □□□
くるま
【車】

(名) 車子的總稱，汽車

(類) カー（car・車子）；バス（bus・公車）

(例) 車で会社へ行きます。／開車去公司。

0224 □□□
くろい
【黒い】

(形) 黑色的；褐色；骯髒；黑暗

(類) ブラック（black・黑色）　(對) 白い（白色的）

(例) 猫も犬も黒いです。／貓跟狗都是黑色的。

(け)

0225 □□□
けいかん
【警官】

(名) 警官，警察

(類) 警察官（警察官）

(例) 前の車、止まってください。警官です。／前方車輛請停車。我們是警察。

0226 □□□
けさ
【今朝】
(名) 今天早上

(類) 朝 (早上) (對) 今夜 (今晚)
(例) 今朝図書館に本を返しました。／今天早上把書還給圖書館了。

0227 □□□
けす
【消す】
(他五) 熄掉，撲滅；關掉，弄滅；消失，抹去

(類) 止める (停止〈引擎等〉) (對) 点ける (打開)
(例) 地震のときはすぐ火を消しましょう。／地震的時候趕緊關火吧！

0228 □□□
けっこう
【結構】
(形動・副) 很好，出色；可以，足夠；（表示否定）不要；相當

(類) 立派 (極好)
(例) ご飯はもうけっこうです。／飯我就不用了。

0229 □□□
けっこん
【結婚】
(名・自サ) 結婚

(對) 離婚 (離婚)
(例) 兄は今３５歳で結婚しています。／哥哥現在是35歲，已婚。

0230 □□□
げつようび
【月曜日】
(名) 星期一

(類) 月曜 (週一)
(例) 来週の月曜日の午後３時に、駅で会いましょう。
／下禮拜一的下午三點，我們約在車站見面吧。

0231 □□□
げんかん
【玄関】
(名) （建築物的）正門，前門，玄關

(類) 入り口 (入口)；門 (大門)
(例) 友達は玄関で靴を脱ぎました。／朋友在玄關脫了鞋。

0232 □□□
げんき
【元気】
(名・形動) 精神，朝氣；健康

(類) 丈夫 (健康) (對) 病気 (生病)
(例) どの人が一番元気ですか。／那個人最有精神呢？

0233
□□□

こ
【個】

(名・接尾) …個

例 冷蔵庫にたまごが３個あります。
／冰箱裡有三個雞蛋。

0234
□□□

ご
【五】

(名)(數)五

類 五つ（五個）
例 八百屋でリンゴを五個買いました。
／在蔬果店買了五顆蘋果。

0235
□□□

(11)

ご
【語】

(名・接尾) 語言；…語

類 単語（單字）
例 日本語のテストはやさしかったですが、問題が多かったです。
／日語考試很簡單，但是題目很多。

0236
□□□

こうえん
【公園】

(名) 公園

類 パーク（park・公園）；遊園地（遊樂園）
例 この公園はきれいです。
／這座公園很漂亮。

0237
□□□

こうさてん
【交差点】

(名) 交差路口

類 十字路（十字路口）
例 その交差点を左に曲がってください。
／請在那個交差路口左轉。

0238
□□□

こえ
【声】

(名)（人或動物的）聲音，語音

類 音（〈物體的〉聲音）
例 大きな声で言ってください。
／請大聲說。

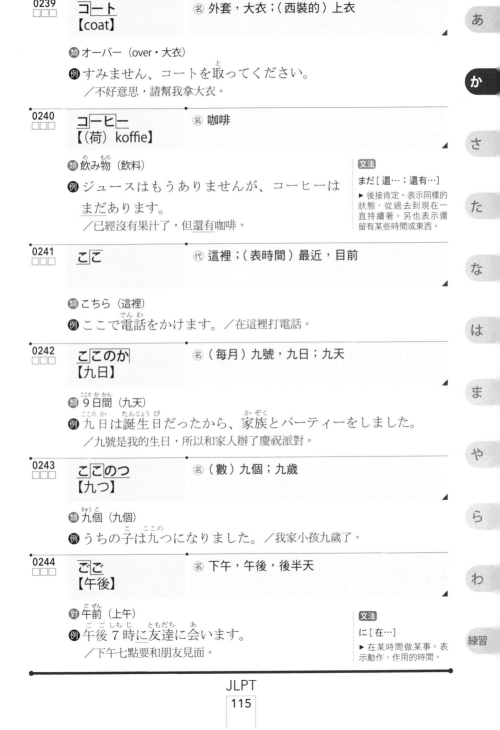

0239
□□□
コート
【coat】
㊟ 外套，大衣；（西裝的）上衣

㊟ オーバー（over・大衣）
㊟ すみません、コートを取ってください。
　　／不好意思，請幫我拿大衣。

0240
□□□
コーヒー
【（荷）koffie】
㊟ 咖啡

㊟ 飲み物（飲料）
㊟ ジュースはもうありませんが、コーヒーは
　　まだあります。
　　／已經沒有果汁了，但還有咖啡。

文法
まだ [還…；還有…]
▶ 後接肯定。表示同樣的狀態，從過去到現在一直持續著。另也表示還留有某些時間或東西。

0241
□□□
ここ
㊟ 這裡；（表時間）最近，目前

㊟ こちら（這裡）
㊟ ここで電話をかけます。／在這裡打電話。

0242
□□□
ここのか
【九日】
㊟ （每月）九號，九日；九天

㊟ 9日間（九天）
㊟ 九日は誕生日だったから、家族とパーティーをしました。
　　／九號是我的生日，所以和家人辦了慶祝派對。

0243
□□□
ここのつ
【九つ】
㊟ （數）九個；九歲

㊟ 九個（九個）
㊟ うちの子は九つになりました。／我家小孩九歲了。

0244
□□□
ごご
【午後】
㊟ 下午，午後，後半天

㊟ 午前（上午）
㊟ 午後 7 時に友達に会います。
　　／下午七點要和朋友見面。

文法
に [在…]
▶ 在某時間做某事。表示動作、作用的時間。

0245 ごしゅじん【ご主人】
名（稱呼對方的）您的先生，您的丈夫

對 奥さん（您的太太）

例 ご主人のお仕事は何でしょうか。
／請問您先生的工作是…？

文法
…の…[…的…]
▶ 用於修飾名詞，表示該名詞的所有者、內容說明、作成者、數量、材料還有時間、位置等等。

0246 ごぜん【午前】
名 上午，午前

對 午後（下午）

例 明後日の午前、天気はどうなりますか。／後天上午的天氣如何呢？

0247 こたえる【答える】
自下一 回答，答覆；解答

類 返事する（回答） 對 聞く（詢問）
例 山田君、この質問に答えてください。
／山田同學，請回答這個問題。

文法
この[這…]
▶ 指示連體詞。指離說話者近的事物。

0248 ごちそうさまでした【御馳走様でした】
寒暄 多謝您的款待，我已經吃飽了

對 頂きます（開動）
例 おいしかったです。御馳走様でした。／真好吃，承蒙您招待了，謝謝。

0249 こちら
代 這邊，這裡，這方面；這位；我，我們（口語為「こっち」）

類 ここ（這裡）
例 山本さん、こちらはスミスさんです。
／山本先生，這位是史密斯小姐。

文法
こちら[這邊；這位]
▶ 方向指示代名詞，指離說話者近的方向。也可以用來指人。

0250 こちらこそ
寒暄 哪兒的話，不敢當

類 よろしく（請關照）
例 こちらこそ、どうぞよろしくお願いします。／不敢當，請您多多指教！

0251
☐☐☐

12

コ|ップ
【(荷) kop】

⊛ 杯子，玻璃杯

⑲ ガラス （glas・玻璃杯）
⑳ コップで水を飲みます。
／用杯子喝水。

文法
で [用…；乘坐…]
► 動作的方法、手段；或
表示使用的交通工具。

0252
☐☐☐

こ|とし
【今年】

⊛ 今年

⑲ 来年 （明年）
⑳ 去年は旅行しましたが、今年はしませんで
した。
／去年有去旅行，今年則沒有去。

文法
…は…が、…は…
[但是…]
► 區別、比較兩個對立的
事物，對照地提示兩種
事物。

0253
☐☐☐

こ|とば
【言葉】

⊛ 語言，詞語

⑲ 辞書 （辭典）
⑳ 日本語の言葉を 9 つ覚えました。
／學會了九個日語詞彙。

文法
を
► 表示動作的目的或對象。

0254
☐☐☐

こ|ども
【子ども】

⊛ 自己的兒女；小孩，孩子，兒童

⑲ 息子 （兒子）；娘 （女兒） ⑳ 親 （雙親）；大人 （大人）
⑳ 子どもに外国のお金を見せました。
／給小孩看了外國的錢幣。

文法
に [給…，跟…]
► 表示動作、作用的對象。

0255
☐☐☐

こ|の

⊛ 這…，這個…

⑳ あの （那個…）
⑳ この仕事は 1 時間ぐらいかかるでしょう。
／這項工作大約要花一個小時吧。

文法
ぐらい [大約，左右，
上下]
► 表示時間上的推測、
估計。一般用在無法預
估正確的時間，或是時
間不明確的時候。

0256
☐☐☐
ご**はん**
【ご飯】

名 米飯；飯食，餐

類 米（稲米）こめ

例 ご飯を食べました。はん・た

／我吃過飯了。

0257
☐☐☐
コ**ピー**
【copy】

名・他サ 拷貝，複製，副本

類 複写（複印）ふくしゃ

例 山田君、これをコピーしてください。やま だ くん

／山田同學，麻煩請影印一下這個。

文法

これ［這個］
▶ 事物指示代名詞。指離説話者近的事物。

0258
☐☐☐
こ**まる**
【困る】

自五 感到傷腦筋，困擾；難受，苦惱；沒有辦法

類 難しい（難解決）むずか

例 お金がなくて、困っています。かね　　　　こま

／沒有錢真傷腦筋。

文法

が
▶ 表示好惡、需要及想要得到的對象，還有能夠做的事情、明白瞭解的事物，以及擁有的物品。

0259
☐☐☐
ご**めんく だ さい**
【御免ください】

寒暄 有人在嗎

類 もしもし（喂〈叫住對方〉）　對 お邪魔しました（打擾了）じゃま

例 ごめんください。山田です。やま だ

／有人在家嗎？我是山田。

0260
☐☐☐
ご**めんな さい**
【御免なさい】

連語 對不起

類 すみません（對不起）

例 遅くなってごめんなさい。おそ

／對不起。我遲到了。

文法

形容詞く＋動詞
▶ 形容詞修飾句子裡的動詞。

0261 □□□ これ

(代) 這個，此；這人；現在，此時

(類) こちら（這個）

(例) これは私が高校のときの写真です。
/這是我高中時的照片。

文法

…は…です […是…]

▶ 主題是後面要敘述或判斷的對象。對象只限「は」所提示範圍。「です」表示對主題的斷定或說明。

0262 □□□ ころ・ごろ 【頃】

(名・接尾) （表示時間）左右，時候，時期；正好的時候

(類) 時（…的時候）

(例) 昨日は１１時ごろ寝ました。
/昨天 11 點左右就睡了。

文法

ごろ [左右]

▶ 表示大概的時間。一般只接在年月日，和鐘點的詞後面。

0263 □□□ こんげつ 【今月】

(名) 這個月

(對) 先月（上個月）

(例) 今月も忙しいです。
/這個月也很忙。

文法

…も… [也…，又…]

▶ 用於再累加上同一類型的事物。

0264 □□□ こんしゅう 【今週】

(名) 這個星期，本週

(對) 先週（上週）

(例) 今週は８０時間も働きました。
/這一週工作了 80 個小時之多。

文法

…も… [之多；竟；也]

▶ 前接數量詞，表示數量比一般想像的還多，有強調多的作用。含有意外的語意。

0265 □□□ こんな

(連體) 這樣的，這種的

(對) あんな（那樣的）

(例) こんなうちに住みたいです。
/我想住在這種房子裡。

文法

たい […想要做…]

▶ 表示說話者內心希望某一行為能實現，或是強烈的願望。疑問句時表示聽話者的願望。

0266
□□□

こんにちは
【今日は】

寒喧 你好，日安

例「こんにちは、お出かけですか。」「ええ、ちょっとそこまで。」
／「你好，要出門嗎？」「對，去辦點事。」

文法

そこ［那裡］
▶ 場所指示代名詞。指離聽話者近的場所。

0267
□□□

こんばん
【今晩】

名 今天晚上，今夜

類 今夜（今晚）

例 今晩のご飯は何ですか。
／今晚吃什麼呢？

文法

なん［什麼］
▶ 代替名稱或情況不暸解的事物。也用在詢問數字時。

0268
□□□

こんばんは
【今晩は】

寒喧 晚安你好，晚上好

例 こんばんは、お散歩ですか。
／晚安你好，來散步嗎？

文法

か［嗎，呢］
▶ 接於句末，表示問別人自己想知道的事。

0269 □□□ さあ

13

感（表示勸誘，催促）來；表躊躇，遲疑的聲音

類 さ（來吧）

例 外は寒いでしょう。さあ、お入りなさい。
／外面很冷吧。來，請進請進。

文法
でしょう[也許…，大概…吧]
► 表示説話者的推測，説話者不是很確定。

0270 □□□ さい【歳】

名·接尾 …歲

例 日本では6歳で小学校に入ります。
／在日本，六歲就上小學了。

文法 では
► 強調格助詞前面的名詞。

0271 □□□ さいふ【財布】

名 錢包

類 かばん（提包）

例 財布はどこにもありませんでした。
／到處都找不到錢包。

文法 …は…ません
►「は」前面的名詞或代名詞是動作、行為否定的主體。

0272 □□□ さき【先】

名 先，早；頂端，尖端；前頭，最前端

類 前（之前） 對 後（之後）

例 先に食べてください。私は後で食べます。
／請先吃吧。我等一下就吃。

文法
…てください[請…]
► 表示請求、指示或命令某人做某事。

0273 □□□ さく【咲く】

自五 開（花）

類 開く（開）

例 公園に桜の花が咲いています。
／公園裡開著櫻花。

文法 に
► 存在的場所。後接「います」和「あります」表存在。「います」用在有生命物體的名詞。

0274 □□□ さくぶん【作文】

名 作文

類 文章（文章）

例 自分の夢について、日本語で作文を書きました。
／用日文寫了一篇有關自己的夢想的作文。

0275 □□□
さす
【差す】

他五 撐（傘等）；插

類 立つ（站立）

例 雨だ。傘をさしましょう。／下雨了，撐傘吧。

0276 □□□
さつ
【冊】

接尾 …本，…冊

例 雑誌2冊とビールを買いました。
／我賣了2本雑誌跟一瓶啤酒。

文法
…と…［…和…，…與…］
▶ 表示幾個事物的並列。
想要敘述的主要東西，
全部都明確地列舉出來。

0277 □□□
ざっし
【雑誌】

名 雜誌，期刊

類 マガジン（magazine・雜誌）

例 雑誌をまだ半分しか読んでいません。
／雜誌僅僅看了一半而已。

文法
しか［只，僅僅］
▶ 表示限定。一般帶有因
不足而感到可惜、後悔或
困擾的心情。

0278 □□□
さとう
【砂糖】

名 砂糖

類 シュガー（sugar・糖） 對 塩（鹽巴）

例 このケーキには砂糖がたくさん入っています。
／這蛋糕加了很多砂糖。

文法
には
▶ 強調格助詞前的名詞。

0279 □□□
さむい
【寒い】

形 （天氣）寒冷

類 冷たい（冷的） 對 暑い（熱的）

例 私の国の冬は、とても寒いです。／我國冬天非常寒冷。

0280 □□□
さよなら・さようなら

感 再見，再會；告別

類 じゃあね（再見〈口語〉）

例「さようなら」は中国語で何といいますか。
／「sayoonara」的中文怎麼說？

0281 □□□
さらいねん
【再来年】
（名）後年

對 一昨年（前年）

例 今、2014年です。さらいねんは外国に行きます。

／現在是 2014 年。後年我就要去國外了。

0282 □□□
さん
（接尾）（接在人名，職稱後表敬意或親切）…先生，…小姐

類 様（…先生，小姐）

例 林さんは面白くていい人です。

／林先生人又風趣，個性又好。

0283 □□□
さん
【三】
（名）（數）三；三個；第三；三次

類 三つ（三個）

例 三時ごろ友達が家へ遊びに来ました。

／三點左右朋友來家裡來玩。

0284 □□□
さんぽ
【散歩】
（名・自サ）散步，隨便走走

類 歩く（走路）

例 私は毎朝公園を散歩します。

／我每天早上都去公園散步。

し

0285 □□□
し・よん
【四】
（名）（數）四；四個；四次（後接「時（じ）、時間（じかん）」時，則唸「四」（よ））

類 四つ（四個）

例 昨日四時間勉強しました。

／昨天唸了 4 個小時的書。

0286
□□□

じ
【時】

(名) …時

(類) 時間（時候）

(例) いつも3時ごろおやつを食べます。
／平常都是三點左右吃點心。

0287
□□□

しお
【塩】

(名) 鹽，食鹽

(類) 砂糖（砂糖）

(例) 海の水で塩を作りました。
／利用海水做了鹽巴。

> **文法**
> で [用…]
> ▶ 製作什麼東西時，使用的材料。

0288
□□□

しかし

(接續) 然而，但是，可是

(類) が（但是）

(例) 時間はある。しかしお金がない。
／有空但是沒錢。

> **文法**
> しかし [但是]
> ▶ 表示轉折關係。表示後面的事態，跟前面的事態是相反的。或提出與對方相反的意見。

0289
□□□

じかん
【時間】

(名) 時間，功夫；時刻，鐘點

(類) 時（…的時候）；暇（閒功夫）

(例) 新聞を読む時間がありません。
／沒有看報紙的時間。

> **文法**
> 動詞＋名詞
> ▶ 動詞的普通形，可以直接修飾名詞。

0290
□□□

じかん
【時間】

(接尾) …小時，…點鐘

(類) 分（分〈時間單位〉）

(例) 昨日は6時間ぐらい寝ました。
／昨天睡了6個小時左右。

0291 □□□
しごと
【仕事】
㊂ 工作；職業

㊣勤める（工作）　㊥休む（休息）
㊁明日は仕事があります。
　　／明天要工作。

0292 □□□
じしょ
【辞書】
㊂ 字典，辭典

⑭

㊣辞典（辭典）
㊁辞書を見てから漢字を書きます。
　　／看過辭典後再寫漢字。

文法
てから［先做…，然後再做…］
▶ 表示前句的動作做完後，進行後句的動作。強調先做前項的動作。

0293 □□□
しずか
【静か】
㊢ 靜止；平靜，沈穩；慢慢，輕輕

㊥賑やか（熱鬧）
㊁図書館では静かに歩いてください。
　　／圖書館裡走路請放輕腳步。

文法
形容動詞に＋動詞
▶ 形容動詞修飾句子裡的動詞。

0294 □□□
した
【下】
㊂（位置的）下，下面，底下；年紀小

㊥上（上方）
㊁あの木の下でお弁当を食べましょう。
　　／到那棵樹下吃便當吧。

文法
あの［那…］
▶ 指示連體詞。指說話者及聽話者範圍以外的事物。

0295 □□□
しち・なな
【七】
㊂（數）七；七個

㊣七つ（七個）
㊁いつも七時ごろまで仕事をします。
　　／平常總是工作到七點左右。

0296 しつもん【質問】
□□□

名・自サ 提問，詢問

類 問題（問題） 對 答える（回答）
例 英語の分からないところを質問しました。
／針對英文不懂的地方提出了的疑問。

0297 しつれいします【失礼します】
□□□

寒暄 告辭，再見，對不起；不好意思，打擾了

例 もう5時です。そろそろ失礼します。
／已經5點了。我差不多該告辭了。

文法

もう[已經…了]
▶ 後接肯定。表示行為、事情到了某個時間已經完了。

0298 しつれいしました【失礼しました】
□□□

寒暄 請原諒，失禮了

例 忙しいところに電話してしまって、失礼しました。
／忙碌中打電話叨擾您，真是失禮了。

文法

形容詞＋名詞
▶ 形容詞修飾名詞。形容詞本身有「…的」之意，所以形容詞不再加「の」。

0299 じてんしゃ【自転車】
□□□

名 腳踏車，自行車

類 オートバイ（auto bicycle・摩托車）
例 私は自転車を二台持っています。
／我有兩台腳踏車。

0300 じどうしゃ【自動車】
□□□

名 車，汽車

類 車（車子）
例 日本の自動車はいいですね。
／日本的汽車很不錯呢。

文法

ね[呢]
▶ 表示輕微的感嘆，或話中帶有徵求對方認同的語氣。另外也表示跟對方做確認的語氣。

0301 □□□
し**ぬ**
【死ぬ】

自五 死亡

類 怪我（受傷） 對 生まれる（出生）
例 私のおじいさんは十月に死にました。／我的爺爺在十月過世了。

0302 □□□
じ**び**き
【字引】

名 字典，辭典

類 字典（字典）
例 字引を引いて、分からない言葉を調べた。
／翻字典查了不懂的字彙。

文法
動詞＋て
▶ 表示行為的方法或手段。

0303 □□□
じ**ぶ**ん
【自分】

名 自己，本人，自身；我

類 僕（我〈男子自稱〉） 對 人（別人）
例 料理は自分で作りますか。
／你自己下廚嗎？

文法
で［在…；以…］
▶ 表示在某種狀態、情況下做後項的事情。

0304 □□□
し**ま**る
【閉まる】

自五 關閉；關門，停止營業

類 閉じる（關閉） 對 開く（打開）
例 強い風で窓が閉まった。
／窗戶因強風而關上了。

文法
…で［因為…］
▶ 表示原因、理由。

0305 □□□
し**め**る
【閉める】

他下一 關閉，合上；繫緊，束緊

類 閉じる（關閉） 對 開ける（打開）
例 ドアが閉まっていません。閉めてください。
／門沒關，請把它關起來。

文法
が
▶ 描寫眼睛看得到的、耳朵聽得到的事情。

0306 □□□
し**め**る
【締める】

他下一 勒緊；繫著；關閉

對 開ける（打開）
例 車の中では、シートベルトを締めてください。
／車子裡請繫上安全帶。

さ
行單字

0307 ☐☐☐

じゃ・じゃあ
⑱ 那麼（就）

㉝ では（那麼）

㉑「映画は３時からです。」「じゃあ、２時に出
かけましょう。」
／「電影三點開始。」「那我們兩點出門吧！」

0308 ☐☐☐

シャツ
【shirt】
⑧ 襯衫

㉝ ワイシャツ（white shirt・白襯衫）；Ｔシャツ（T shirt・T恤）；セーター（sweater・毛線衣）

㉑ あの白いシャツを着ている人は山田さんです。
／那個穿白襯衫的人是山田先生。

0309 ☐☐☐

シャワー
【shower】
⑧ 淋浴

㉝ 風呂（澡盆）

㉑ 勉強した後で、シャワーを浴びます。
／唸完書之後淋浴。

0310 ☐☐☐

じゅう
【十】
⑧ （數）十；第十

㉝ 十（十個）

㉑ 山田さんは兄弟が十人もいます。
／山田先生的兄弟姊妹有 10 人之多。

0311 ☐☐☐

じゅう
【中】
名・接尾 整個,全；（表示整個期間或區域）期間

㉑ タイは一年中暑いです。
／泰國終年炎熱。

讀書計劃：☐☐／☐☐

0312 ☐☐☐

しゅうかん
【週間】

名・接尾 …週，…星期

あ

類 週（…週）

例 1 週間に 1 回ぐらい家族に電話をかけます。
／我大約一個禮拜打一次電話給家人。

文法
に
▶ 表示某一範圍內的數量或次數。

0313 ☐☐☐

じゅぎょう
【授業】

名・自サ 上課，教課，授課

類 レッスン（lesson・課程）

例 林さんは今日授業を休みました。
／林先生今天沒來上課。

0314 ☐☐☐

15

しゅくだい
【宿題】

名 作業，家庭作業

類 問題（試題）

例 家に帰ると、まず宿題をします。
／一回到家以後，首先寫功課。

文法
に
▶ 表動作移動的到達點。

0315 ☐☐☐

じょうず
【上手】

名・形動 （某種技術等）擅長，高明，厲害

類 上手い（出色的）；強い（擅長的） 對 下手（笨拙）

例 あの子は歌を上手に歌います。／那孩子歌唱得很好。

0316 ☐☐☐

じょうぶ
【丈夫】

形動 （身體）健壯，健康；堅固，結實

類 元気（精力充沛） 對 弱い（虚弱）

例 体が丈夫になりました。／身體變健康了。

0317 ☐☐☐

しょうゆ
【醤油】

名 醬油

類 ソース（sauce・調味醬）

例 味が薄いですね、少し醤油をかけましょう。
／味道有點淡，加一些醬油吧！

0318 □□□
しょくどう
【食堂】
名 食堂，餐廳，飯館

類 レストラン（restaurant・餐廳）；台所（廚房）
例 日曜日は食堂が休みです。
／星期日餐廳不營業。

0319 □□□
しる
【知る】
他五 知道，得知；理解；認識；學會

類 分かる（知道） 對 忘れる（忘掉）
例 新聞で明日の天気を知った。
／看報紙得知明天的天氣。

0320 □□□
しろい
【白い】
形 白色的；空白；乾淨，潔白

類 ホワイト（white・白色） 對 黒い（黑的）
例 山田さんは白い帽子をかぶっています。
／山田先生戴著白色的帽子。

> **文法**
> 動詞 + ています
> ▶ 表示結果或狀態的持續。某一動作後的結果或狀態還持續到現在，也就是說話的當時。

0321 □□□
じん
【人】
接尾 …人

類 人（人）
例 昨日会社にアメリカ人が来ました。
／昨天有美國人到公司來。

0322 □□□
しんぶん
【新聞】
名 報紙

類 ニュース（news・新聞）
例 この新聞は一昨日のだからもういりません。
／這報紙是前天的東西了，我不要了。

> **文法**
> もう〔已經（不）…了〕
> ▶ 後接否定。表示不能繼續某種狀態了。一般多用於感情方面達到相當程度。

あ

か

さ

た

な

は

ま

や

ら

わ

練習

0323
□□□

すいようび
【水曜日】

名 星期三

類 水曜（週三）

例 月曜日か水曜日にテストがあります。
／星期一或星期三有小考。

文法
…か…[或者…]
▶ 表示在幾個當中，任
選其中一個。
▶ 近 …か…か…[…或
是…]

0324
□□□

すう
【吸う】

他五 吸，抽；啜；吸收

類 飲む（喝） 對 吐く（吐出）

例 山へ行って、きれいな空気を吸いたいですね。
／好想去山上呼吸新鮮空氣啊。

文法
動詞＋て
▶ 單純的連接前後短句
成一個句子，表示並舉
了幾個動作或狀態。

0325
□□□

スカート
【skirt】

名 裙子

例 ズボンを脱いで、スカートを穿きました。
／脫下了長褲，換上了裙子。

文法
動詞＋て
▶ 表示並舉了幾個動作
或狀態。

0326
□□□

すき
【好き】

名・形動 喜好，愛好；愛，產生感情

類 欲しい（想要） 對 嫌い（討厭）

例 どんな色が好きですか。
／你喜歡什麼顏色呢？

文法
どんな[什麼樣的]
▶ 用在詢問事物的種類、
內容。

0327
□□□

すぎ
【過ぎ】

接尾 超過…，過了…，過度

對 前（…前）

例 今9時 15分過ぎです。
／現在是 9 點過 15 分。

文法
すぎ[過…，…多]
▶ 接在表示時間名詞後
面，表示比那時間稍後。

0328 ☐☐☐
すくない
【少ない】
形 少，不多

類 ちょっと（不多） 對 多い（多）
例 この公園は人が少ないです。
／這座公園人煙稀少。

0329 ☐☐☐
すぐ
副 馬上，立刻；（距離）很近

類 今（馬上）
例 銀行は駅を出てすぐ右です。
／銀行就在出了車站的右手邊。

文法
を
▶ 表示動作離開的場所用「を」。例如，從家裡出來或從車、船、飛機等交通工具下來。

0330 ☐☐☐
すこし
【少し】
副 一下子；少量，稍微，一點

類 ちょっと（稍微） 對 沢山（許多）
例 すみませんが、少し静かにしてください。
／不好意思，請稍微安靜一點。

文法
が
▶ 在向對方詢問、請求、命令之前，作為一種開場白使用。

0331 ☐☐☐
すずしい
【涼しい】
形 涼爽，涼爽

對 暖かい（溫暖的）
例 今日はとても涼しいですね。
／今天非常涼爽呢。

0332 ☐☐☐
ずつ
副助（表示均攤）每…，各…；表示反覆多次

類 ごと（每…）
例 単語を1日に30ずつ覚えます。
／一天各背30個單字。

文法
ずつ［每，各］
▶ 接在數量詞後面，表示平均分配的數量。

0333 □□□

スト一ブ
【stove】

㊋ 火爐，暖爐

類 暖房（暖氣）　對 冷房（冷氣）

例 寒いからスト一ブをつけましょう。
　／好冷，開暖爐吧！

0334 □□□

スプ一ン
【spoon】

㊋ 湯匙

類 箸（筷子）

例 スプ一ンでス一プを飲みます。
　／用湯匙喝湯。

0335 □□□

ズボン
【（法）jupon】

㊋ 西裝褲；褲子

類 パンツ（pants・褲子）

例 このズボンはあまり丈夫ではありませんで
した。
　／這條褲子不是很耐穿。

文法

あまり…ませんでした
[（不）很；（不）怎樣；
沒多少]
▶ 表示程度不特別高，
數量不特別多。

0336 □□□

すみません

㊋（道歉用語）對不起，抱歉；謝謝

類 御免なさい（對不起）

例 すみません。トイレはどこにありますか。
　／不好意思，請問廁所在哪裡呢？

文法

…は…にあります
[…在…]
▶ 表示某物或人存在某
場所。也就是無生命事
物的存在場所。

0337 □□□

すむ
【住む】

㊋ 住，居住；（動物）棲息，生存

類 泊まる（住宿）

例 みんなこのホテルに住んでいます。
　／大家都住在這間飯店。

0338
□□□

スリッパ
【slipper】

名 室內拖鞋

類 サンダル（sandal・涼鞋）
例 畳の部屋に入るときはスリッパを脱ぎます。
　／進入榻榻米房間時，要將拖鞋脫掉。

文法
…とき […的時候…]
▶ 表示與此同時並行發生其他的事情。

0339
□□□
16

する

自・他サ 做，進行

類 やる（做）
例 昨日、スポーツをしました。
　／昨天做了運動。

0340
□□□

すわる
【座る】

自五 坐，跪座

類 着く（就〈座〉）　對 立つ（站立）
例 どうぞ、こちらに座ってください。
　／歡迎歡迎，請坐這邊。

文法
こちら [這邊；這位]
▶ 方向指示代名詞，指離說話者近的方向。也可以用來指人。也可說成「こっち」。

せ

0341
□□□

せ・せい
【背】

名 身高，身材

類 高さ（高度）
例 母は背が高いですが、父は低いです。
　／媽媽個子很高，但爸爸很矮。

文法
が [但是]
▶ 表示逆接。連接兩個對立的事物，前句跟後句內容是相對立的。

0342
□□□

セーター
【sweater】

名 毛衣

類 上着（外衣）
例 山田さんは赤いセーターを着ています。
　／山田先生穿著紅色毛衣。

0343
せいと
【生徒】

名（中學，高中）學生

類 学生（學生）
例 この中学校は生徒が２００人います。
／這所國中有200位學生。

0344
せっけん
【石鹸】

名 香皂，肥皂

類 ソープ（soap・肥皂）
例 石鹸で手を洗ってから、ご飯を食べましょう。
／用肥皂洗手後再來用餐吧。

0345
せびろ
【背広】

名（男子穿的）西裝（的上衣）

類 スーツ（suit・套裝）
例 背広を着て、会社へ行きます。
／穿西裝上班去。

文法

動詞＋て
▶ 這些行為動作一個接著一個，按照時間順序進行。

0346
せまい
【狭い】

形 狹窄，狹小，狹隘

類 小さい（小） 對 広い（寬大）
例 狭い部屋ですが、いろんな家具を置いてあります。
／房間雖然狹小，但放了各種家具。

文法

他動詞＋てあります
［…著；已…了］
▶ 表示抱著某個目的、有意圖地去執行，當動作結束之後，那一動作的結果還存在的狀態。

0347
ゼロ
【zero】

名（數）零；沒有

類 零（零）
例 ２引く２はゼロです。
／2減2等於0。

0348
□□□
せん
【千】

名（數）千，一千；形容數量之多

例 その本は 1,000 ページあります。
／那本書有一千頁。

文法

その [那…]
▶ 指示連體詞。指離聽話者近的事物。

0349
□□□
せんげつ
【先月】

名 上個月

對 来月（下個月）
例 先月子どもが生まれました。
／上個月小孩出生了。

0350
□□□
せんしゅう
【先週】

名 上個星期，上週

對 来週（下週）
例 先週の水曜日は 20 日です。
／上週三是 20 號。

0351
□□□
せんせい
【先生】

名 老師，師傅；醫生，大夫

類 教師（老師） 對 生徒、学生（學生）
例 先生の部屋はこちらです。
／老師的房間在這裡。

0352
□□□
せんたく
【洗濯】

名・他サ 洗衣服，清洗，洗滌

類 洗う（洗）
例 昨日洗濯をしました。／昨天洗了衣服。

0353
□□□
ぜんぶ
【全部】

名 全部，總共

類 皆（全部）
例 パーティーには全部で何人来ましたか。
／全部共有多少人來了派對呢？

0354
□□□

そう　㊤（回答）是，沒錯

㊙「全部で６人来ましたか。」「はい、そうです。」
/「你們是共六個人一起來的嗎？」「是的，沒錯。」

文法
…で…[共…]
▶ 表示數量示數量、金額的總和。

0355
□□□

そうして・そして　㊥ 然後；而且；於是；又

㊗ それから（然後）
㊙ 朝は勉強し、そして午後はプールで泳ぎます。
/早上唸書，然後下午到游泳池游泳。

文法
そして [接著；還有]
▶ 表示動作順序。連接前後兩件事，按照時間順序發生。另還表示並列。用在列舉事物，再加上某事物。

0356
□□□

そうじ
【掃除】　㊟ 打掃，清掃，掃除

㊗ 洗う（洗滌）；綺麗にする（收拾乾淨）
㊙ 私が掃除をしましょうか。
/我來打掃好嗎？

文法
ましょうか [我來…吧；我們…吧]
▶ 表示提議，想為對方做某件事情並徵求對方同意。另也表示邀請，站在對方的立場著想才進行邀約。

0357
□□□

そこ　㊝ 那兒，那邊

㊗ そちら（那裡）
㊙ 受付はそこです。
/受理櫃臺在那邊。

0358
□□□

そちら　㊝ 那兒，那裡；那位，那個；府上，貴處（口語為 "そっち "）

㊗ そこ（那裡）
㊙ こちらが台所で、そちらがトイレです。
/這裡是廚房，那邊是廁所。

文法
そちら [那邊；那位]
▶ 方向指示代名詞，指離聽話者近的方向。也可以用來指人。

あ

か

さ

た

な

は

ま

や

ら

わ

練習

0359
□□□

そと
【外】

名 外面，外邊；戶外

類 外側（外側） 對 内、中（裡面）

例 天気が悪くて外でスポーツができません。
／天候不佳，無法到外面運動。

文法
で[在…]
▶ 表示動作進行的場所。

0360
□□□

その

連體 那…，那個…

例 そのテープは5本で600円です。
／那個錄音帶，五個賣六百日圓。

0361
□□□

そば
【側・傍】

名 旁邊，側邊；附近

類 近く（附近）；横（旁邊）

例 病院のそばには、たいてい薬屋や花屋があ
ります。
／醫院附近大多會有藥局跟花店。

文法
…や…[…和…]
▶ 表示在幾個事物中，列
舉出二、三個來做為代
表，其他的事物就被省略
下來，沒有全部説完。

0362
□□□

そら
【空】

名 天空，空中；天氣

類 青空（青空） 對 地（大地）

例 空には雲が一つもありませんでした。
／天空沒有半朵雲。

0363
□□□

それ

代 那，那個；那時，那裡；那樣

類 そちら（那個）

例 それは中国語でなんといいますか。
／那個中文怎麼說？

文法
それ[那個]
▶ 事物指示代名詞。指離
聽話者近的事物。

0364 □□□ それから

(接續) 還有；其次，然後；（催促對方談話時）後來怎樣

(類) そして（然後）

(例) 家_{いえ}から駅_{えき}までバスです。それから、電車_{でんしゃ}に乗_のります。

／從家裡坐公車到車站。然後再搭電車。

文法

…から、…まで[從…到…]

▶ 表明空間的起點和終點，也就是距離的範圍。也表示各種動作、現象的起點及由來。

それから[然後；還有]

▶ 表示動作順序。

0365 □□□ それでは

(接續) 那麼，那就；如果那樣的話

(類) それじゃ（那麼）

(例) 今日_{きょう}は5日_{いつか}です。それでは8日_{ようか}は日曜日_{にちようび}ですね。

／今天是五號。那麼八號就是禮拜天囉。

文法

それでは[那麼]

▶ 表示順態發展。根據對方的話，再說出自己的想法。或某事物的開始或結束，以及與人分別的時候。

0366
□□□

だい
【台】

接尾 …台，…輛，…架

例 今日はテレビを一台買った。／今天買了一台電視。

0367
□□□

だいがく
【大学】

名 大學

類 学校（學校）

例 大学に入るときは100万円ぐらいかかりました。

／上大學的時候大概花了一百萬日圓。

文法
ぐらい
[大約，左右，上下]
▶ 表示數量上的推測、估計。一般用在無法預估正確的數量，或是數量不明確的時候。

0368
□□□

たいしかん
【大使館】

名 大使館

例 姉は韓国の大使館で翻訳をしています。

／姊姊在韓國大使館做翻譯。

文法
動詞 + ています
▶ 表示現在在做什麼職業。也表示某動作持續到現在。

0369
□□□

だいじょうぶ
【大丈夫】

形動 牢固，可靠；放心，沒問題，沒關係

類 安心（放心） 對 だめ（不行）

例 風は強かったですが、服をたくさん着ていたから大丈夫でした。

／雖然風很大，但我穿了很多衣服所以沒關係。

0370
□□□

だいすき
【大好き】

形動 非常喜歡，最喜好

類 好き（喜歡） 對 大嫌い（最討厭）

例 妹は甘いものが大好きです。／妹妹最喜歡吃甜食了。

0371
□□□

たいせつ
【大切】

形動 重要，要緊；心愛，珍惜

類 大事（重要）

例 大切な紙ですから、なくさないでください。

／因為這是一張很重要的紙，請別搞丟了。

文法
…から、…[因為…]
▶ 表示原因、理由。說話者出於個人主觀理由，進行請求、命令、希望、主張及推測。

0372
たいてい
【大抵】

副 大部分，差不多；（下接推量）多半；（接否定）一般

類 いつも（經常，大多）

例 たいていは歩いて行きますが、ときどきバスで行きます。
／大多都是走路過去的，但有時候會搭公車。

0373
だいどころ
【台所】

名 廚房

類 キッチン（kitchen・廚房）

例 猫は部屋にも台所にもいませんでした。
／貓咪不在房間，也不在廚房。

文法

にも

▶ 強調格助詞前面的名詞的作用。

0374
たいへん
【大変】

副・形動 很，非常，太；不得了

類 とても（非常）

例 昨日の料理はたいへんおいしかったです。
／昨天的菜餚非常美味。

0375
たかい
【高い】

形 （價錢）貴；（程度，數量，身材等）高，高的

類 大きい（高大的） 對 安い（便宜）；低い（矮的）

例 あのレストランは、まずくて高いです。
／那間餐廳又貴又難吃。

0376
たくさん
【沢山】

名・形動・副 很多，大量；足夠，不再需要

類 一杯（充滿） 對 少し（少許）

例 とりがたくさん空を飛んでいます。／許多鳥在天空飛翔著。

0377
タクシー
【taxi】

名 計程車

類 電車（電車）

例 時間がありませんから、タクシーで行きましょう。
／沒時間了，搭計程車去吧！

0378 □□□ だけ

(副助) 只有…

- (類) しか（只有）
- (例) 小川さんだけお酒を飲みます。
  ／只有小川先生要喝酒。

文法
だけ［只，僅僅］
▶ 表示只限於某範圍，
除此以外沒有別的了。

0379 □□□ だす【出す】

(他五) 拿出，取出；提出；寄出

- (類) 渡す（交給） (對) 入れる（放入）
- (例) きのう友達に手紙を出しました。
  ／昨天寄了封信給朋友。

0380 □□□ たち【達】

(接尾)（表示人的複數）…們，…等

- (類) 等（們）
- (例) 学生たちはどの電車に乗りますか。
  ／學生們都搭哪一輛電車呢？

文法
たち［…們］
▶ 接在人稱代名詞的後面，
表示人的複數。

0381 □□□ たつ【立つ】

(自五) 站立；冒，升；出發

- (類) 起きる（立起來） (對) 座る（坐）
- (例) 家の前に女の人が立っていた。／家門前站了個女人。

0382 □□□ たてもの【建物】

(名) 建築物，房屋

- (類) 家（住家）
- (例) あの大きな建物は図書館です。
  ／那棟大建築物是圖書館。

文法
形容動詞な＋名詞
▶ 形容動詞修飾後面的名詞。

0383 □□□ たのしい【楽しい】

(形) 快樂，愉快，高興

- (類) 面白い（有趣） (對) つまらない（無趣）
- (例) 旅行は楽しかったです。／旅行真愉快。

0384
□□□
たのむ
【頼む】
他五 請求，要求；委託，託付；依靠

類 願う（要求）

例 男の人が飲み物を頼んでいます。／男人正在點飲料。

0385
□□□
たばこ
【煙草】
名 香煙；煙草

例 1日に6本たばこを吸います。／一天抽六根煙。

0386
□□□
たぶん
【多分】
副 大概，或許；恐怕

類 大抵（大概）

例 あの人はたぶん学生でしょう。

／那個人大概是學生吧。

文法
でしょう [也許…，可能…，大概…吧]
▶ 表示説話者的推測，説話者不是很確定。

0387
□□□
たべもの
【食べ物】
名 食物，吃的東西

對 飲み物（飲料）

例 好きな食べ物は何ですか。／你喜歡吃什麼食物呢？

0388
□□□
たべる
【食べる】
他下一 吃

類 頂く（吃；喝） 對 飲む（喝）

例 レストランで1,000円の魚料理を食べました。

／在餐廳裡吃了一道千元的鮮魚料理。

0389
□□□
たまご
【卵】
名 蛋，卵；鴨蛋，雞蛋

類 卵（卵子）

例 この卵は6個で300円です。／這個雞蛋六個賣三百日圓。

0390
だ**れ**
【誰】
(代) 誰，哪位

18

(類) どなた（哪位）

(例) 部屋には誰もいません。
／房間裡沒有半個人。

文法
だれも［誰也（不）…，
誰都（不）…］
▶ 後接否定。表示全面的
否定。

0391
だ**れか**
【誰か】
(代) 某人；有人

(例) 誰か窓を閉めてください。／誰來把窗戶關一下。

文法 だれか［某人］
▶ 表示不確定是誰。

0392
た**んじょ**うび
【誕生日】
(名) 生日

(類) バースデー（birthday・生日）

(例) おばあさんの誕生日は 10 月です。／奶奶的生日在十月。

0393
だ**んだん**
【段々】
(副) 漸漸地

(對) 急に（突然間）

(例) もう春ですね。これから、だんだん暖かくな
りますね。／已經春天了呢！今後會漸漸暖和起來吧。

文法
形容詞く＋なります
▶ 表示事物的變化。

ち

0394
ち**いさい**
【小さい】
(形) 小的；微少，輕微；幼小的

(類) 低い（低的） (對) 大きい（大的）

(例) この小さい辞書は誰のですか。
／這本小辭典是誰的？

文法
だれ［誰］
▶ 是詢問人的詞。

0395
ち**かい**
【近い】
(形) （距離，時間）近，接近，靠近

(類) 短い（短的） (對) 遠い（遠的）

(例) すみません、図書館は近いですか。／請問一下，圖書館很近嗎？

0396 □□□

ちがう
【違う】

自五 不同，差異；錯誤；違反，不符

類 間違える（弄錯） 對 同じ（一樣）

例「これは山田さんの傘ですか。」「いいえ、違います。」
／「這是山田小姐的傘嗎？」「不，不是。」

0397 □□□

ちかく
【近く】

名・副 附近，近旁；（時間上）近期，即將

類 隣（隔壁） 對 遠く（遠的）

例 駅の近くにレストランがあります。
／車站附近有餐廳。

文法
…に…があります［…有…］
▶ 表某處存在某物。也就
是無生命事物的存在場所。

0398 □□□

ちかてつ
【地下鉄】

名 地下鐵

類 電車（電車）

例 地下鉄で空港まで3時間もかかります。
／搭地下鐵到機場竟要花上三個小時。

0399 □□□

ちち
【父】

名 家父，爸爸，父親

類 パパ（papa・爸爸） 對 母（家母）

例 8日から10日まで父と旅行しました。
／八號到十號我和爸爸一起去了旅行。

文法
…から、…まで［從…到…］
▶ 表示時間的起點和終
點，也就是時間的範圍。

0400 □□□

ちゃいろ
【茶色】

名 茶色

類 ブラウン（brown・棕色）

例 山田さんは茶色の髪の毛をしています。
／山田小姐是咖啡色的頭髮。

0401
□□□
ちゃわん
【茶碗】

名 碗，茶杯，飯碗

類 コップ（kop・杯子；玻璃杯）
例 鈴木さんは茶碗やコップをきれいにしました。
／鈴木先生將碗和杯子清乾淨了。

文法
形容動詞に＋します
[使變成…]
▶ 表示事物的變化。是人為的、有意圖性的施加作用，而產生變化。
▶ 近 名詞に＋します[變成…]

0402
□□□
ちゅう
【中】

名・接尾 中央，中間；…期間，正在…當中；在…之中

例 明日の午前中はいい天気になりますよ。
／明天上午期間會是好天氣喔！

文法
ちゅう[…中]
▶ 表示正在做什麼，或那個期間裡之意。

名詞に＋なります
[變成…]
▶ 表事物的變化。無意識中物體本身產生的自然變化。

0403
□□□
ちょうど
【丁度】

副 剛好，正好；正，整

類 同じ（一樣）
例 30 たす 70 はちょうど 100 です。 ／30 加 70 剛好是 100。

0404
□□□
ちょっと
【一寸】

副・感 一下子;（下接否定）不太…，不太容易…；一點點

類 少し（少許） 對 沢山（很多）
例 ちょっとこれを見てくださいませんか。
／你可以幫我看一下這個嗎？

文法
てくださいませんか
[能不能請你…]
▶ 表示請求。說法較有禮貌。請求的內容給對方負擔較大，因此有婉轉地詢問對方是否願意的語氣。

つ

0405
□□□
ついたち
【一日】

名 （每月）一號，初一

例 仕事は七月一日から始まります。 ／從七月一號開始工作。

0406
☐☐☐

つ<u>か</u>う
【使う】

他五 使用；雇傭；花費

類 要る（需要）

例 和食はお箸を使い、洋食はフォークとナイフを使います。
／日本料理用筷子，西洋料理則用餐叉和餐刀。

0407
☐☐☐

つ<u>かれ</u>る
【疲れる】

自下一 疲倦，疲勞

類 大変（費力）

例 一日中仕事をして、疲れました。
／因為工作了一整天，真是累了。

文法
動詞＋て
▶ 表示原因。

0408
☐☐☐

つ<u>ぎ</u>
【次】

名 下次，下回，接下來；第二，其次

類 第二（第二）　對 前（之前）

例 私は次の駅で電車を降ります。
／我在下一站下電車。

0409
☐☐☐

つ<u>く</u>
【着く】

自五 到，到達，抵達；寄到

類 到着（抵達）　對 出る（出發）

例 毎日 7 時に着きます。
／每天7點抵達。

0410
☐☐☐

つ<u>くえ</u>
【机】

名 桌子，書桌

類 テーブル（table・桌子）

例 すみません、机はどこに置きますか。
／請問一下，這張書桌要放在哪裡？

文法
どこ［哪裡］
▶ 場所指示代名詞。表示
場所的疑問和不確定。

0411
☐☐☐

つ<u>くる</u>
【作る】

他五 做，造；創造；寫，創作

類 する（做）

例 昨日料理を作りました。　／我昨天做了菜。

た
行単字

0412 □□□

つ|け|る
【点ける】

他下一 點（火），點燃；扭開（開關），打開

對 消す（關掉）

例 部屋の電気をつけました。
/我打開了房間的電燈。

0413 □□□

つ|と|める
【勤める】

他下一 工作，任職；擔任（某職務）

類 働く（工作）

例 私は銀行に ３５年間勤めました。
/我在銀行工作了 35 年。

0414 □□□

つ|ま|らない

形 無趣，沒意思；無意義

對 面白い（有趣）；楽しい（好玩）

例 大人の本は子どもにはつまらないでしょう。
/我想大人看的書對小孩來講很無趣吧！

0415 □□□

Track 2
19

つ|め|たい
【冷たい】

形 冷，涼；冷淡，不熱情

類 寒い（寒冷的）　對 熱い（熱的）

例 お茶は、冷たいのと熱いのとどちらがいい
ですか。
/你茶要冷的還是熱的？

文法
の
▶ 前接形容詞。這個「の」
是一個代替名詞，代替句中
前面已出現過的某個名詞。

0416 □□□

つ|よ|い
【強い】

形 強悍，有力；強壯，結實；擅長的

類 上手（擅長的）　對 弱い（軟弱）

例 明日は風が強いでしょう。
/明天風很強吧。

讀書計劃：
□□
/□□

あ

か

さ

た

な

は

ま

や

ら

わ

練習

0417
☐☐☐

て
【手】

② 手，手掌；胳膊

類 ハンド（hand・手）　對 足（脚）

例 手をきれいにしてください。
　　／請把手弄乾淨。

0418
☐☐☐

テープ
【tape】

② 膠布；錄音帶，卡帶

類 ラジオ（radio・收音機）

例 テープを入れてから、赤いボタンを押します。
　　／放入錄音帶後，按下紅色的按鈕。

0419
☐☐☐

テープレコーダー
【tape recorder】

② 磁帶錄音機

類 テレコ（tape recorder 之略・錄音機）

例 テープレコーダーで日本語の発音を練習しています。
　　／我用錄音機在練習日語發音。

文法

動詞 + ています

▶ 表示動作或事情的持續，也就是動作或事情正在進行中。

0420
☐☐☐

テーブル
【table】

② 桌子；餐桌，飯桌

類 机（書桌）

例 お箸はテーブルの上に並べてください。
　　／請將筷子擺到餐桌上。

0421
☐☐☐

でかける
【出掛ける】

自下一 出去，出門，到…去；要出去

類 出る（出去）　對 帰る（回來）

例 毎日 7 時に出かけます。／每天 7 點出門。

0422
☐☐☐

てがみ
【手紙】

② 信，書信，函

類 葉書（明信片）

例 きのう友達に手紙を書きました。／昨天寫了封信給朋友。

JLPT

0423 □□□
でき**る**
【出来る】

（自上一）能，可以，辦得到；做好，做完

（類）なる（完成）

（例）山田さんはギターもピアノもできますよ。
　　／山田小姐既會彈吉他又會彈鋼琴呢！

文法

よ［…喔］
▶ 請對方注意，或使對方接受自己的意見時，用來加強語氣。說話者認為對方不知道，想引起對方注意。

0424 □□□
で**ぐち**
【出口】

（名）出口

（對）入り口（入口）

（例）すみません、出口はどちらですか。
　　／請問一下，出口在哪邊？

文法

どちら［哪邊；哪位］
▶ 方向指示代詞，表示方向的不確定和疑問。也可以用來指人。也可說成「どっち」。

0425 □□□
テスト
【test】

（名）考試，試驗，檢查

（類）試験（考試）

（例）テストをしていますから、静かにしてください。
　　／現在在考試，所以請安靜。

0426 □□□
で**は**

（接續）那麼，那麼說，要是那樣

（類）それでは（那麼）

（例）では、明日見に行きませんか。
　　／那明天要不要去看呢？

文法

に［去…，到…］
▶ 表示動作、作用的目的、目標。

ませんか［要不要…呢］
▶ 表示行為、動作是否要做，在尊敬對方抉擇的情況下，有禮貌地勸誘一起做某事。

0427 □□□
デパート
【department store】

（名）百貨公司

（類）百貨店（百貨公司）

（例）近くに新しいデパートができて賑やかになりました。
　　／附近開了家新百貨公司，變得很熱鬧。

0428
□□□

でわおげんきで
【ではお元気で】

寒暄 請多保重身體

例 お婆ちゃん、楽しかったです。ではお元気で。
　　/婆婆今天真愉快！那，多保重身體喔！

0429
□□□

でわ、また

寒暄 那麼，再見

例 では、また後で。 /那麼，待會見。

0430
□□□

でも

接續 可是，但是，不過；話雖如此

類 しかし（但是）

例 彼は夏でも厚いコートを着ています。
　　/他就算是夏天也穿著厚重的外套。

文法
でも
▶ 強調格助詞前面的名詞的作用。

0431
□□□

でる
【出る】

自下一 出來，出去；離開

類 出かける（外出） 對 入る（進入）
例 7時に家を出ます。 /7點出門。

0432
□□□

テレビ
【television 之略】

名 電視

類 テレビジョン（television・電視機）
例 昨日はテレビを見ませんでした。 /昨天沒看電視。

0433
□□□

てんき
【天気】

名 天氣；晴天，好天氣

類 晴れ（晴天）
例 今日はいい天気ですね。 /今天天氣真好呀！

0434
□□□

でんき
【電気】

名 電力；電燈；電器

例 ドアの右に電気のスイッチがあります。
　　/門的右邊有電燈的開關。

0435
□□□

でんしゃ
【電車】

（名）電車

類 新幹線（新幹線）
しんかんせん

例 大学まで電車で３０分かかります。
だいがく　　　でんしゃ　　さんじゅっぷん
／坐電車到大學要花30分鐘。

0436
□□□

でんわ
【電話】

（名・自サ）電話；打電話

類 携帯電話（手機）
けいたいでんわ

例 林さんは明日村田さんに電話します。
りん　　　あしたむらた　　　でんわ
／林先生明天會打電話給村田先生。

0437
□□□

と
【戸】

（名）（大多指左右拉開的）門；大門

類 ドア（door・門）
例「戸」は左右に開けたり閉めたりするものです。
と　　さゆう　あ　　し
／「門」是指左右兩邊可開可關的東西。

0438
□□□

ど
【度】

（名・接尾）…次；…度（溫度，角度等單位）

類 回数（次數）
かいすう

例 たいへん、熱が３９度もありますよ。
ねつ　さんじゅうきゅう　ど
／糟了！發燒到39度耶！

0439
□□□

ドア
【door】

（名）（大多指西式前後推開的）門；（任何出入口
的）門

類 戸（門戸）
と

例 寒いです。ドアを閉めてください。
さむ　　　　　　　し
／好冷。請關門。

0440
☐☐☐

トイレ
【toilet】

⊛ 廁所，洗手間，盥洗室

類 手洗い（洗手間）

例 トイレはどちらですか。
／廁所在哪邊？

0441
☐☐☐

どう

副 怎麼，如何

類 如何（如何）

例 この店のコーヒーはどうですか。
／這家店的咖啡怎樣？

文法
どう[如何，怎麼樣]
▶ 詢問對方的想法及健康狀況，及不知情況如何或該怎麼做等。也用在勸誘時。

0442
☐☐☐

どういたしまして

寒暄 沒關係，不用客氣，算不了什麼

類 大丈夫です（不要緊）

例 「ありがとうございました。」「どういたしまして。」
／「謝謝您。」「不客氣。」

0443
☐☐☐
20

どうして

副 為什麼，何故

類 何故（為何）

例 昨日はどうして早く帰ったのですか。
／昨天為什麼早退？

文法
どうして[為什麼]
▶ 詢問理由的疑問詞。口語常用「なんで」。

0444
☐☐☐

どうぞ

副（表勸誘，請求，委託）請；（表承認，同意）可以，請

類 はい（可以）

例 コーヒーをどうぞ。／請用咖啡。

0445
☐☐☐

どうぞよろしく

寒暄 指教，關照

例 はじめまして、どうぞよろしく。
／初次見面，請多指教。

0446
☐☐☐

どうぶつ
【動物】

图（生物兩大類之一的）動物；（人類以外，特別指哺乳類）動物

對 植物（植物）

例 犬は動物です。／狗是動物。

0447
☐☐☐

どうも

副 怎麼也；總覺得；實在是，真是；謝謝

類 本当に（真是）

例 遅くなって、どうもすみません。

／我遲到了，真是非常抱歉。

0448
☐☐☐

どうもありがとうございました

寒暄 謝謝，太感謝了

類 お世話様（感謝您）

例 ご親切に、どうもありがとうございました。

／感謝您這麼親切。

0449
☐☐☐

とお
【十】

图（數）十；十個；十歲

類 十個（十個）

例 うちの太郎は来月十になります。／我家太郎下個月滿十歲。

0450
☐☐☐

とおい
【遠い】

形（距離）遠；（關係）遠，疏遠；（時間間隔）久遠

對 近い（近）

例 駅から学校までは遠いですか。

／從車站到學校很遠嗎？

文法

から…まで［從…到…］
▶ 表明空間的起點和終點，也就是距離的範圍。

0451
☐☐☐

とおか
【十日】

图（每月）十號，十日；十天

類 10日間（十天）

例 十日の日曜日どこか行きますか。

／十號禮拜日你有打算去哪裡嗎？

文法

か
▶ 接於疑問詞後，表示不明確的、不肯定的，或是沒有必要說明的事物。

0452 □□□
と|き
【時】

名 （某個）時候

類 時間（時候）

例 妹が生まれたとき、父は外国にいました。

／妹妹出生的時候，爸爸人在國外。

0453 □□□
と|きどき
【時々】

副 有時，偶爾

類 偶に（偶爾）

例 ときどき 7 時に出かけます。

／有時候會 7 點出門。

0454 □□□
と|けい
【時計】

名 鐘錶，手錶

例 あの赤い時計は私のです。

／那紅色的錶是我的。

文法

…の［…的］

▶ 擁有者的所屬物。這裡的準體助詞「の」，後面可以省略前面出現過的名詞，不需要再重複，或替代該名詞。

0455 □□□
ど|こ

代 何處，哪兒，哪裡

類 どちら（哪裡）

例 あなたはどこから来ましたか。

／你從哪裡來的？

0456 □□□
と|ころ
【所】

名 （所在的）地方，地點

類 場所（地點）

例 今年は暖かい所へ遊びにいきました。

／今年去了暖和的地方玩。

文法

へ［往…，去…］

▶ 前接跟地方有關的名詞，表示動作、行為的方向。同時也指行為的目的地。

0457 ☐☐☐
とし【年】
名 年；年紀

類 歳（年齢）

例 彼、年はいくつですか。／他年紀多大？

文法
いくつ[幾歳]
▶ 詢問年齡。

0458 ☐☐☐
としょかん【図書館】
名 圖書館

類 ライブラリー（library・圖書館）

例 この道をまっすぐ行くと大きな図書館があります。
／這條路直走，就可以看到大型圖書館。

0459 ☐☐☐
どちら
代（方向，地點，事物，人等）哪裡，哪個，哪位（口語為「どっち」）

類 どこ（哪裡）

例 ホテルはどちらにありますか。
／飯店在哪裡？

0460 ☐☐☐
とても
副 很，非常；（下接否定）無論如何也…

類 大変（非常）

例 今日はとても疲れました。
／今天非常地累。

0461 ☐☐☐
どなた
代 哪位，誰

類 誰（誰）

例 今日はどなたの誕生日でしたか。
／今天是哪位生日？

文法
どなた[哪位…]
▶ 是詢問人的詞。比「だれ」説法還要客氣。

0462 ☐☐☐
となり【隣】
名 鄰居，鄰家；隔壁，旁邊；鄰近，附近

類 近所（附近）

例 花はテレビの隣におきます。
／把花放在電視的旁邊。

0463
□□□

どの　　　　連體 哪個，哪…

例 どの席がいいですか。
／哪個座位好呢？

文法
どの [哪…]
▶ 指示連體詞。表示事物的疑問和不確定。

0464
□□□

とぶ
【飛ぶ】　　　自五 飛，飛行，飛翔

類 届く（送達）
例 南のほうへ鳥が飛んでいきました。
／鳥往南方飛去了。

文法
が
▶ 描寫眼睛看得到的、耳朵聽得到的事情。

0465
□□□

とまる
【止まる】　　　自五 停，停止，停靠；停頓；中斷

類 止める（停止）　對 動く（轉動）
例 次の電車は学校の近くに止まりませんから、
乗らないでください。
／下班車不停學校附近，所以請不要搭乘。

文法
…ないでください
[請不要…]
▶ 表示否定的請求命令，請求對方不要做某事。

0466
□□□

ともだち
【友達】　　　名 朋友，友人

類 友人（朋友）
例 友達と電話で話しました。
／我和朋友通了電話。

0467
□□□

どようび
【土曜日】　　　名 星期六

類 土曜（週六）
例 先週の土曜日はとても楽しかったです。
／上禮拜六玩得很高興。

0468 とり【鳥】
☐☐☐

名 鳥，禽類的總稱；雞

類 小鳥（小鳥）

例 私の家には鳥がいます。
/我家有養鳥。

0469 とりにく【鶏肉・鳥肉】
☐☐☐

名 雞肉；鳥肉

類 チキン（chicken・雞肉）

例 今晩は鶏肉ご飯を食べましょう。/今晩吃雞肉飯吧！

0470 とる【取る】
☐☐☐

他五 拿取，執，握；採取，摘；（用手）操控

類 持つ（拿取） 對 渡す（遞給）

例 田中さん、その新聞を取ってください。
/田中先生，請幫我拿那份報紙。

0471 とる【撮る】
☐☐☐

他五 拍照，拍攝

類 撮影する（攝影）

例 ここで写真を撮りたいです。
/我想在這裡拍照。

0472 どれ
☐☐☐

代 哪個

類 どちら（哪個）

例 あなたのコートはどれですか。
/哪一件是你的大衣？

0473 どんな
☐☐☐

連體 什麼樣的

類 どのような（哪樣的）

例 どんな音楽をよく聞きますか。/你常聽哪一種音樂？

あ
か
さ
た

な

は
ま
や
ら
わ

| 0474 □□□ **21** | **ない**【無い】 | 彤 沒，沒有；無，不在 |

對 有る（有）
例 日本に 4,000 メートルより高い山はない。
／日本沒有高於 4000 公尺的山。

| 0475 □□□ | **ナイフ**【knife】 | 名 刀子，小刀，餐刀 |

類 包丁（菜刀）
例 ステーキをナイフで小さく切った。
／用餐刀將牛排切成小塊。

| 0476 □□□ | **なか**【中】 | 名 裡面，內部；其中 |

類 間（中間） 對 外（外面）
例 公園の中に喫茶店があります。
／公園裡有咖啡廳。

| 0477 □□□ | **ながい**【長い】 | 彤 （時間、距離）長，長久，長遠 |

類 久しい（〈時間〉很久） 對 短い（短）
例 この川は世界で一番長い川です。
／這條河是世界第一長河。

| 0478 □□□ | **ながら** | 接助 邊…邊…，一面…一面… |

例 朝ご飯を食べながら新聞を読みました。
／我邊吃早餐邊看報紙。

文法
ながら [一邊…一邊…]
▶ 表示同一主體同時進行兩個動作。

練習

0479 なく【鳴く】
□□□

自五（鳥，獸，虫等）叫，鳴

類 呼ぶ（喊叫）

例 木の上で鳥が鳴いています。
／鳥在樹上叫著。

文法

動詞 + ています
▶ 表示動作正在進行中。

0480 なくす【無くす】
□□□

他五 丟失；消除

類 失う（失去）

例 大事なものだから、なくさないでください。
／這東西很重要，所以請不要弄丟了。

0481 なぜ【何故】
□□□

副 為何，為什麼

類 どうして（為什麼）

例 なぜ昨日来なかったのですか。
／為什麼昨天沒來？

文法

なぜ［為什麼］
▶ 詢問理由的疑問詞。口語常用「なんで」。

0482 なつ【夏】
□□□

名 夏天，夏季

對 冬（冬天）

例 来年の夏は外国へ行きたいです。
／我明年夏天想到國外去。

0483 なつやすみ【夏休み】
□□□

名 暑假

類 休み（休假）

例 夏休みは何日から始まりますか。
／暑假是從幾號開始放的？

0484 □□□

など
【等】

副助（表示概括，列舉）…等

類 なんか（之類）

例 朝は料理や洗濯などで忙しいです。

／早上要做飯、洗衣等，真是忙碌。

文法
…や…など［和…等］
▶ 表示舉出幾項作為代表，但沒有全部說完。

0485 □□□

ななつ
【七つ】

名（數）七個；七歲

類 七個（七個）

例 コップは七つください。

／請給我七個杯子。

0486 □□□

なに・なん
【何】

代 什麼；任何

例 これは何というスポーツですか。

／這運動名叫什麼？

文法
これ［這個］
▶ 事物指示代名詞。指離說話者近的事物。

0487 □□□

なのか
【七日】

名（每月）七號；七日，七天

類 7日間（七天）

例 七月七日は七夕祭りです。

／七月七號是七夕祭典。

文法
…は…です［…是…］
▶ 主題是後面要敘述或判斷的對象。對象只限「は」所提示範圍。「です」表示對主題的斷定或說明。

0488 □□□

なまえ
【名前】

名（事物與人的）名字，名稱

類 苗字（姓）

例 ノートに名前が書いてあります。

／筆記本上有寫姓名。

文法
に
▶ 表示存在的場所。後接「います」和「あります」表存在。「あります」用在無生命物體名詞。

0489 □□□
ならう
【習う】
他五 學習；練習

類 学ぶ（學習） 對 教える（教授）
例 李さんは日本語を習っています。
／李小姐在學日語。

文法
を
▶ 表示動作的目的或對象。

0490 □□□
ならぶ
【並ぶ】
自五 並排，並列，列隊

類 並べる（排列）
例 私と彼女が二人並んで立っている。
／我和她兩人一起並排站著。

0491 □□□
ならべる
【並べる】
他下一 排列；並排；陳列；擺，擺放

類 置く（擺放）
例 玄関にスリッパを並べた。
／我在玄關的地方擺放了室內拖鞋。

文法
に［…到；對…；在…；給…］
▶「に」的前面接物品或場所，表示施加動作的對象，或是施加動作的場所、地點。

0492 □□□
なる
【為る】
自五 成為，變成；當（上）

類 変わる（變成）
例 天気が暖かくなりました。
／天氣變暖和了。

文法
形容詞く＋なります
▶ 表示事物的變化。

に

0493 □□□
に
【二】
名（數）二，兩個

22

類 二つ（兩個）
例 二階に台所があります。
／２樓有廚房。

文法
…に…があります［…有…］
▶ 表某處存在某物。也就是無生命事物的存在場所。

0494 □□□
にぎやか
【賑やか】
形動 熱鬧，繁華；有說有笑，鬧哄哄

類 楽しい（愉快的） 對 静か（安靜）

例 この八百屋さんはいつも賑やかですね。
／這家蔬果店總是很熱鬧呢！

文法
この [這…]
▶ 指示連體詞。指離說話者近的事物。

0495 □□□
にく
【肉】
名 肉

類 体（肉體）

例 私は肉も魚も食べません。
／我既不吃肉也不吃魚。

文法
…も…も
▶ 表示同性質東西並列或列舉。

0496 □□□
にし
【西】
名 西，西邊，西方

類 西方（西方） 對 東（東方）

例 西の空が赤くなりました。
／西邊的天色變紅了。

文法
…の…[…的…]
▶ 用於修飾名詞，表示該名詞的所有者、內容說明、作成者、數量、材料還有時間、位置等等。

0497 □□□
にち
【日】
名 號，日，天 (計算日數)

例 1 日に 3 回薬を飲んでください。
／一天請吃三次藥。

文法
に
▶ 表示某一範圍內的數量或次數。

0498 □□□
にちようび
【日曜日】
名 星期日

類 日曜（週日）

例 日曜日の公園は人が大勢います。
／禮拜天的公園有很多人。

文法
…は…が…います
[在…有…]
▶ 表示有生命物體的存在。

0499 にもつ【荷物】
名 行李，貨物

類 スーツケース（suitcase・旅行箱）

例 重い荷物を持って、とても疲れました。
／提著很重的行李，真是累壞了。

文法
動詞＋て
▶ 表示原因。

0500 ニュース【news】
名 新聞，消息

類 新聞（報紙）

例 山田さん、ニュースを見ましたか。
／山田小姐，你看新聞了嗎？

文法
か [嗎，呢]
▶ 接於句末，表示問別人自己想知道的事。

0501 にわ【庭】
名 庭院，院子，院落

類 公園（公園）

例 私は毎日庭の掃除をします。
／我每天都會整理院子。

0502 にん【人】
接尾 …人

類 人（人）

例 昨日四人の先生に電話をかけました。
／昨天我打電話給四位老師。

文法
に [給…，跟…]
▶ 表示動作、作用的對象。

ぬ

0503 ぬぐ【脱ぐ】
他五 脱去，脱掉，摘掉

類 取る（脱掉）　對 着る（穿）

例 コートを脱いでから、部屋に入ります。
／脱掉外套後進房間。

文法
に
▶ 表動作移動的到達點。

0504
□□□

ネ[クタイ]　　　　　名 領帶
【necktie】

類 マフラー（muffler・圍巾）

例 父の誕生日にネクタイをあげました。

／爸爸生日那天我送他領帶。

文法
に [在…]
▶ 在某時做某事。表示動作、作用的時間。

0505
□□□

ね[こ]　　　　　名 貓
【猫】

類 キャット（cat・貓）；動物（動物）；ペット（pet・寵物）

例 猫は黒くないですが、犬は黒いです。

／貓不是黑色的，但狗是黑色的。

文法
…は…が、…は…
[但是…]
▶ 區別、比較兩個對立的事物，對照地提示兩種事物。

0506
□□□

ね[る]　，　　　自下一 睡覺，就寢；躺下，臥
【寝る】

類 休む（就寢）　對 起きる（起床）

例 疲れたから、家に帰ってすぐに寝ます。

／因為很累，所以回家後馬上就去睡。

文法
…から、…[因為…]
▶ 表示原因、理由。説話者出於個人主觀理由，進行請求、命令、希望、主張及推測。

0507
□□□

ね[ん]　　　　　名 年（也用於計算年數）
【年】

例 だいたい１年に２回旅行をします。

／一年大約去旅行兩趟。

0508
□□□

ノ[ート]　　　　　名 筆記本；備忘錄
【notebook 之略】

類 手帳（記事本）

例 ノートが２冊あります。

／有兩本筆記本。

0509
☐☐☐
のぼる
【登る】

（自五）登，上；攀登（山）

（類）登山（爬山） （對）降りる（下來）

（例）私は友達と山に登りました。
／我和朋友去爬了山。

0510
☐☐☐
のみもの
【飲み物】

（名）飲料

（類）食べ物（食物）

（例）私の好きな飲み物は紅茶です。
／我喜歡的飲料是紅茶。

> **文法**
> 形容動詞な＋名詞
> ▶ 形容動詞修飾後面的名詞。

0511
☐☐☐
のむ
【飲む】

（他五）喝，吞，嚥，吃（藥）

（類）吸う（吸）

（例）毎日、薬を飲んでください。
／請每天吃藥。

0512
☐☐☐
のる
【乗る】

（自五）騎乘，坐；登上

（類）乗り物（交通工具） （對）降りる（下來）

（例）ここでタクシーに乗ります。
／我在這裡搭計程車。

> **文法**
> ここ［這裡］
> ▶ 場所指示代名詞。指離說話者近的場所。

0513
□□□

は
【歯】

23

名 牙齒

類 虫歯（蛀牙）
例 夜、歯を磨いてから寝ます。
　　／晚上刷牙齒後再睡覺。

文法
てから［先做…，然後再做…］
▶ 表示前句的動作做完後，進行後句的動作。強調先做前項的動作。

0514
□□□

パーティー
【party】

名（社交性的）集會，晚會，宴會，舞會

類 集まり（聚會）
例 パーティーでなにか食べましたか。
　　／你在派對裡吃了什麼？

文法
なにか［某些，什麼］
▶ 表示不確定。

0515
□□□

はい

感（回答）有，到；（表示同意）是的

類 ええ（是）　對 いいえ（不是）
例 「山田さん！」「はい。」／「山田先生！」「有。」

0516
□□□

はい・ばい・ぱい
【杯】

接尾 …杯

例 コーヒーを一杯いかがですか。
　　／請問喝杯咖啡如何？

文法
いかが［如何，怎麼樣］
▶ 詢問對方的想法及健康狀況，及不知情況如何或該怎麼做等。比「どう」更佳禮貌。也用在勸誘時。

0517
□□□

はいざら
【灰皿】

名 菸灰缸

類 ライター（lighter・打火機）
例 すみません、灰皿をください。
　　／抱歉，請給我菸灰缸。

文法
…をください［給我…］
▶ 表示想要什麼的時候，跟某人要求某事物。

0518
□□□

はいる
【入る】

自五 進，進入；裝入，放入

對 出る（出去）
例 その部屋に入らないでください。
　　／請不要進去那房間。

文法
…ないでください［請不要…］
▶ 表示否定的請求命令，請求對方不要做某事。

あ　か　さ　た　な　は　ま　や　ら　わ　練習

0519 □□□

はがき
【葉書】

名 明信片

類 手紙（書信）

例 はがきを 3 枚と封筒を 5 枚お願いします。
／請給我三張明信片和五個信封。

文法
…と…［…和…，…與…］
▶ 表示幾個事物的並列。想要敘述的主要東西，全部都明確地列舉出來。

0520 □□□

はく
【履く・穿く】

他五 穿（鞋，襪；褲子等）

類 着る（穿〈衣服〉）

例 田中さんは今日は青いズボンを穿いています。
／田中先生今天穿藍色的褲子。

文法
形容詞＋名詞
▶ 形容詞修飾名詞。形容詞本身有「…的」之意，所以不再加「の」。

0521 □□□

はこ
【箱】

名 盒子，箱子，匣子

類 ボックス（box・盒子）

例 箱の中にお菓子があります。
／盒子裡有點心。

0522 □□□

はし
【箸】

名 筷子，箸

例 君、箸の持ち方が下手だね。
／你呀！真不會拿筷子啊！

文法
かた［…法；…樣子］
▶ 表示方法、手段、程度跟情況。

0523 □□□

はし
【橋】

名 橋，橋樑

類 ブリッジ（bridge・橋）

例 橋はここから 5 分ぐらいかかります。
／從這裡走到橋約要 5 分鐘。

文法
ぐらい［大約，左右，上下］
▶ 表示時間上的推測、估計。一般用在無法預估正確的時間，或是時間不明確的時候。

0524 □□□
はじまる
【始まる】

（自五）開始，開頭；發生

（類）スタート（start・開始）（對）終わる（結束）

（例）もうすぐ夏休みが始まります。
／暑假即將來臨。

0525 □□□
はじめ
【初め】

（名）開始，起頭；起因

（對）終わり（結束）

（例）1時ごろ、初めに女の子が来て、次に男の子が来ました。
／一點左右，先是女生來了，接著男生來了。

文法

ごろ［左右］
▶ 表示大概的時間。一般只接在年月日，和鐘點的詞後面。

動詞＋て
▶ 表示這些行為動作一個接著一個，按照時間順序進行。

0526 □□□
はじめて
【初めて】

（副）最初，初次，第一次

（類）一番（第一次）

（例）初めて会ったときから、ずっと君が好きだった。
／我打從第一眼看到妳，就一直很喜歡妳。

文法

動詞＋名詞
▶ 動詞的普通形，可以直接修飾名詞。

0527 □□□
はじめまして
【初めまして】

（寒暄）初次見面，你好

（例）初めまして、どうぞよろしく。
／初次見面，請多指教。

0528 □□□
はじめる
【始める】

（他下一）開始，創始

（對）終わる（結束）

（例）1時になりました。それではテストを始めます。
／1點了。那麼開始考試。

文法

それでは［那麼］
▶ 表示順態發展。根據對方的話，再説出自己的想法。或某事物的開始或結束，以及與人分別的時候。

0529
☐☐☐

はしる
【走る】

自五（人，動物）跑步，奔跑；（車，船等）行駛

類 歩く（走路）　對 止まる（停住）

例 毎日どれぐらい走りますか。
／每天大概跑多久？

文法
どれぐらい [多久]
▶ 可視句子的內容，翻譯成「多久、多少、多少錢、多長、多遠」等。

0530
☐☐☐

バス
【bus】

名 巴士，公車

類 乗り物（交通工具）

例 バスに乗って、海へ行きました。
／搭巴士去了海邊。

文法
動詞＋て
▶ 表示行為的方法或手段。

0531
☐☐☐

バター
【butter】

名 奶油

例 パンにバターを厚く塗って食べます。
／在麵包上塗厚厚的奶油後再吃。

文法
動詞＋て
▶ 這些行為動作一個接著一個，按照時間順序進行。

0532
☐☐☐

はたち
【二十歳】

名 二十歳

例 私は二十歳で子どもを生んだ。
／我二十歳就生了孩子。

文法
で [在…；以…]
▶ 表示在某種狀態、情況下做後項的事情。

0533
☐☐☐

はたらく
【働く】

自五 工作，勞動，做工

類 勤める（工作）　對 遊ぶ（玩樂）

例 山田さんはご夫婦でいつも一生懸命働いていますね。
／山田夫婦兩人總是很賣力地工作呢！

0534 □□□
は**ち**
【八】
③（數）八；八個

類 八つ（八個）
例 毎朝八時ごろ家を出ます。
／每天早上都八點左右出門。

文法
を
▶ 動作離開的場所用「を」。例如，從家裡出來或從車、船、飛機等交通工具下來。

0535 □□□
は**つか**
【二十日】
③（每月）二十日；二十天

類 20日間（二十天）
例 二十日の天気はどうですか。
／二十號的天氣如何？

文法
どう [如何，怎麼樣]
▶ 詢問對方的想法及健康狀況，及不知情況如何或該怎麼做等。也用在勸誘時。

0536 □□□
は**な**
【花】
③ 花

類 フラワー（flower・花）
例 ここで花を買います。
／在這裡買花。

文法
で [在…]
▶ 表示動作進行的場所。

0537 □□□
は**な**
【鼻】
③ 鼻子

例 赤ちゃんの小さい鼻がかわいいです。
／小嬰兒的小鼻子很可愛。

0538 □□□
は**なし**
【話】
③ 話，說話，講話

類 会話（談話）
例 あの先生は話が長い。
／那位老師話很多。

文法
あの [那…]
▶ 指示連體詞。指說話者及聽話者範圍以外的事物。

0539
□□□
24

はなす
【話す】

（他五）說，講；談話；告訴（別人）

類 言う（說）　對 聞く（聽）

例 食べながら、話さないでください。
／請不要邊吃邊講話。

文法
ながら［一邊…一邊…］
► 表示同一主體同時進行兩個動作。

0540
□□□

はは
【母】

（名）家母，媽媽，母親

類 ママ（mama・媽媽）　對 父（家父）

例 田舎の母から電話が来た。
／家鄉的媽媽打了電話來。

文法
から［從…，由…］
► 表示從某對象借東西、從某對象聽來的消息，或從某對象得到東西等。

0541
□□□

はやい
【早い】

（形）（時間等）快，早；（動作等）迅速

對 遅い（慢）

例 時間がありません。早くしてください。
／沒時間了。請快一點！

文法
…てください［請…］
► 表示請求、指示或命令某人做某事。

0542
□□□

はやい
【速い】

（形）（速度等）快速

對 遅い（慢）

例 バスとタクシーのどっちが速いですか。
／巴士和計程車哪個比較快？

文法
が
► 前接疑問詞。「が」也可以當作疑問詞的主語。

0543
□□□

はる
【春】

（名）春天，春季

類 春季（春天）　對 秋（秋天）

例 春には大勢の人が花見に来ます。
／春天有很多人來賞櫻。

文法
には
► 強調格助詞前面的名詞的作用。

0544 ☐☐☐
はる
【貼る・張る】

他五 貼上，糊上，黏上

類 付ける（安上）

例 封筒に切手を貼って出します。
／在信封上貼上郵票後寄出。

0545 ☐☐☐
はれる
【晴れる】

自下一 （天氣）晴，（雨，雪）停止，放晴

類 天気（好天氣） 對 曇る（陰天）

例 あしたは晴れるでしょう。
／明天應該會放晴吧。

文法
でしょう
[也許…，大概…吧]
▶ 表示說話者的推測，說話者不是很確定。

0546 ☐☐☐
はん
【半】

名・接尾 …半；一半

類 半分（一半） 對 倍（加倍）

例 9時半に会いましょう。
／約九點半見面吧！

文法
ましょう[做…吧]
▶ 表示勸誘對方一起做某事。一般用在做那一行為、動作，事先已規定好，或已成為習慣的情況。

0547 ☐☐☐
ばん
【晩】

名 晚，晚上

類 夜（晚上） 對 朝（早上）

例 朝から晩まで歌の練習をした。
／從早上練歌練到晚上。

文法
…から、…まで[從…到…]
▶ 表示時間的起點和終點，也就是時間的範圍。

0548 ☐☐☐
ばん
【番】

名・接尾 （表示順序）第…，…號；輪班；看守

類 順番（順序）

例 8番の方、どうぞお入りください。
／8號的客人請進。

は
行單字

0549
□□□

パン
【(葡) pão】

名 麵包

類 ブレッド（bread・麵包）
例 私_{わたし}は、パンにします。
／我要點麵包。

0550
□□□

ハンカチ
【handkerchief】

名 手帕

類 タオル（towel・毛巾）
例 その店_{みせ}でハンカチを買_かいました。
／我在那家店買了手帕。

文法

その [那…]
▶ 指示連體詞。指離聽話者近的事物。

0551
□□□

ばんごう
【番号】

名 號碼，號數

類 ナンバー（number・號碼）
例 女_{おんな}の人_{ひと}の電話番号_{でん わ ばんごう}は何番_{なんばん}ですか。
／女生的電話號碼是幾號？

文法

なん [什麼]
▶ 代替名稱或情況不瞭解的事物。也用在詢問數字時。

0552
□□□

ばんごはん
【晩ご飯】

名 晩餐

類 ご飯_{はん}（吃飯）
例 いつも9時_じごろ晩_{ばん}ご飯_{はん}を食_たべます。
／經常在9點左右吃晩餐。

0553
□□□

はんぶん
【半分】

名 半，一半，二分之一

類 半_{はん}（一半） 對 倍_{ばい}（加倍）
例 バナナを半分_{はんぶん}にしていっしょに食_たべましょう。
／把香蕉分成一半一起吃吧！

讀書計劃：□□／□□／□□

0554
☐☐☐

ひがし
【東】

名 東，東方，東邊

類 東方（東方） 對 西（西方）

例 町の東に長い川があります。

／城鎮的東邊有條長河。

0555
☐☐☐

ひき
【匹】

接尾 （鳥，蟲，魚，獸）…匹，…頭，…條，
…隻

例 庭に犬が2匹と猫が1匹います。

／院子裡有2隻狗和1隻貓。

0556
☐☐☐

ひく
【引く】

他五 拉，拖；翻查；感染（傷風感冒）

類 取る（抓住） 對 押す（推）

例 風邪をひきました。あまりご飯を食べたく
ないです。／我感冒了。不大想吃飯。

文法

あまり…ない（です）〔（不）
很；（不）怎樣；沒多少〕
▶ 表示程度不特別高，
數量不特別多。

0557
☐☐☐

ひく
【弾く】

他五 彈，彈奏，彈撥

類 音楽（音樂）

例 ギターを弾いている人は李さんです。

／那位在彈吉他的人是李先生。

0558
☐☐☐

ひくい
【低い】

形 低，矮；卑微，低賤

類 短い（短的） 對 高い（高的）

例 田中さんは背が低いです。／田中小姐個子矮小。

0559
☐☐☐

ひこうき
【飛行機】

名 飛機

類 ヘリコプター（helicopter・直升機）

例 飛行機で南へ遊びに行きました。

／搭飛機去南邊玩了。

文法

で〔乘坐…；用…〕
▶ 表示用的交通工具；
或動作的方法、手段。

0560 ☐☐☐ ひだり 【左】

名 左，左邊；左手

類 左側（左側） 對 右（右方）

例 レストランの左に本屋があります。

／餐廳的左邊有書店。

0561 ☐☐☐ ひと 【人】

名 人，人類

類 人間（人類）

例 どの人が田中さんですか。

／哪位是田中先生？

文法

どの［哪…］

▶ 指示連體詞。表示事物的疑問和不確定。

0562 ☐☐☐ ひとつ 【一つ】

名 （數）一；一個；一歲

類 一個（一個）

例 間違ったところは一つしかない。

／只有一個地方錯了。

文法

しか［只，僅僅］

▶ 表示限定。一般帶有因不足而感到可惜、後悔或困擾的心情。

0563 ☐☐☐ ひとつき 【一月】

名 一個月

類 一ヶ月（一個月）

例 あと一月でお正月ですね。

／再一個月就是新年了呢。

文法

ね［呢］

▶ 表示輕微的感嘆，或話中帶有徵求對方認同的語氣。另外也表示跟對方做確認的語氣。

0564 ☐☐☐ ひとり 【一人】

名 一人；一個人；單獨一個人

對 大勢（許多人）

例 私は去年から一人で東京に住んでいます。

／我從去年就一個人住在東京。

文法

で［在…；以…］

▶ 表示在某種狀態、情況下做後項的事情。

0565
□□□

ひ ま
【暇】

（名・形動）時間，功夫；空閒時間，暇餘

類 休み（休假）　對 忙しい（繁忙）

例 今日は午後から暇です。
　／今天下午後有空。

0566
□□□

ひゃ く
【百】

（名）（數）一百；一百歲

25

例 瓶の中に五百円玉が百個入っています。
　／瓶子裡裝了百枚的五百元日圓。

0567
□□□

びょ うい ん
【病院】

（名）醫院

類 クリニック（clinic・診所）

例 駅の向こうに病院があります。
　／車站的另外一邊有醫院。

0568
□□□

びょ うき
【病気】

（名）生病，疾病

類 風邪（感冒）　對 元気（健康）

例 病気になったときは、病院へ行きます。
　／生病時要去醫院看醫生。

文法
…とき［…的時候…］
▶ 表示與此同時並行發生其他的事情。

0569
□□□

ひ らが な
【平仮名】

（名）平假名

類 字（文字）　對 片仮名（片假名）

例 名前は平仮名で書いてください。
　／姓名請用平假名書寫。

0570
□□□

ひ る
【昼】

（名）中午；白天，白晝；午飯

類 昼間（白天）　對 夜（晚上）

例 東京は明日の昼から雨の予報です。
　／東京明天中午後會下雨。

0571 ☐☐☐
ひるごはん
【昼ご飯】
名 午餐

類 朝ご飯（早飯）
例 昼ご飯はどこで食べますか。
／中餐要到哪吃？

文法
どこ [哪裡]
▶ 場所指示代名詞。表示場所的疑問和不確定。

0572 ☐☐☐
ひろい
【広い】
形 （面積，空間）廣大，寬廣；（幅度）寬闊；（範圍）廣泛

類 大きい（大） 對 狭い（窄小）
例 私のアパートは広くて静かです。
／我家公寓既寬大又安靜。

文法
形容詞く＋て
▶ 表示句子還沒説完到此暫時停頓和屬性的並列的意思。還有輕微的原因。

ふ

0573 ☐☐☐
フィルム
【film】
名 底片，膠片；影片；電影

例 いつもここでフィルムを買います。
／我都在這裡買底片。

0574 ☐☐☐
ふうとう
【封筒】
名 信封，封套

類 袋（袋子）
例 封筒にはお金が八万円入っていました。
／信封裡裝了八萬日圓。

0575 ☐☐☐
プール
【pool】
名 游泳池

例 どのうちにもプールがあります。
／每家都有游泳池。

文法
にも
▶ 強調格助詞前面的名詞的作用。

0576 ☐☐☐
フォーク
【fork】
名 叉子，餐叉

例 ナイフとフォークでステーキを食べます。 ／用餐刀和餐叉吃牛排。

0577
□□□

ふく
【吹く】

自五（風）刮，吹；（緊縮嘴唇）吹氣

類 吸う（吸入）

例 今日は風が強く吹いています。
　　／今天風吹得很強。

0578
□□□

ふく
【服】

名 衣服

類 洋服（西式服裝）

例 花ちゃん、その服かわいいですね。
　　／小花，妳那件衣服好可愛喔！

0579
□□□

ふたつ
【二つ】

名（數）二；兩個；兩歲

類 二個（兩個）

例 黒いボタンは二つありますが、どちらを押
　　しますか。
　　／有兩顆黑色的按鈕，要按哪邊的？

文法

が
▶ 在向對方詢問、請求、命令之前，作為一種開場白使用。

どちら[哪邊；哪位]
▶ 方向指示代名詞，表示方向的不確定和疑問。也可以用來指人。也可說成「どっち」。

0580
□□□

ぶたにく
【豚肉】

名 豬肉

類 ポーク（pork・豬肉）

例 この料理は豚肉と野菜で作りました。
　　／這道菜是用豬肉和蔬菜做的。

文法

で[用…]
▶ 製作什麼東西時，使用的材料。

0581
□□□

ふたり
【二人】

名 兩個人，兩人

例 二人とも、ここの焼肉が好きですか。
　　／你們兩人喜歡這裡的燒肉嗎？

文法

とも
▶ 強調格助詞前面的名詞的作用。

0582 □□□
ふつか
【二日】
名（毎月）二號，二日；兩天；第二天

類 2日間（兩天）

例 二日からは雨になりますね。
／二號後會開始下雨。

文法
名詞に＋なります
[變成…]
▶ 表示事物的變化。無意識中物體本身產生的自然變化。
▶ 近 形容動詞に＋なります
[變成…]

0583 □□□
ふとい
【太い】
形 粗，肥胖

類 厚い（厚的） 對 細い（細瘦）

例 大切なところに太い線が引いてあります。
／重點部分有用粗線畫起來了。

文法
他動詞＋てあります
[…著；已…了]
▶ 表示抱著某個目的、有意圖地去執行，當動作結束之後，那一動作的結果還存在的狀態。強調眼前所呈現的狀態。

0584 □□□
ふゆ
【冬】
名 冬天，冬季

類 冬休み（寒假） 對 夏（夏天）

例 私は夏も冬も好きです。
／夏天和冬天我都很喜歡。

文法
…も…も [也…，又…]
▶ 用於再累加上同一類型的事物。

0585 □□□
ふる
【降る】
自五 落，下，降（雨，雪，霜等）

類 曇る（陰天） 對 晴れる（放晴）

例 雨が降っているから、今日は出かけません。
／因為下雨，所以今天不出門。

文法
…は…ません
▶「は」前面的名詞或代名詞是動作、行為否定的主體。

0586 □□□
ふるい
【古い】
形 以往；老舊，年久，老式

對 新しい（新）

例 この辞書は古いですが、便利です。
／這本辭典雖舊但很方便。

あ
か

0587
□□□

ふ**ろ**
【風呂】

(名) 浴缸，澡盆；洗澡；洗澡熱水

(類) バス（bath・浴缸，浴室）
(例) 今日はご飯の後でお風呂に入ります。
／今天吃完飯後再洗澡。

さ
た

文法
のあとで [···後]
▶ 表示完成前項事情之後進行後項行為。

0588
□□□

ふん・ぷん
【分】

(接尾)（時間）···分；（角度）分

(例) 今8時 45分です。／現在是八點四十五分。

0589
□□□

ページ
【page】

(名・接尾) ···頁

(類) 番号（號碼）
(例) 今日は雑誌を10ページ読みました。／今天看了10頁的雜誌。

な
は

0590
□□□
26

へ**た**
【下手】

(名・形動)（技術等）不高明，不擅長，笨拙

(類) 不味い（拙劣） (對) 上手（高明）
(例) 兄は英語が下手です。
／哥哥的英文不好。

文法
が
▶ 表示好惡、需要及想要得到的對象，還有能或不能做的事情、明白瞭解的事物，以及擁有的物品。

ま
や

0591
□□□

ベッド
【bed】

(名) 床，床舖

(類) 布団（被褥）
(例) 私はベッドよりも布団のほうがいいです。
／比起床舖，我比較喜歡被褥。

ら
わ

文法
···より···ほう [比起···，更]
▶ 表示對兩件事物進行比較後，選擇後者。

ほうがいい [最 好 ···；還是···為好]
▶ 用在向對方提出建議，或忠告的時候。有時候指的是以後要做的事。
▶ 近 ないほうがいい [最好不要···]

練習

0592 ☐☐☐

へ**や**
【部屋】

⑧ 房間；屋子

類 和室（和式房間）

例 部屋をきれいにしました。
／把房間整理乾淨了。

文法

形容動詞に＋します
[使變成…]

▶ 表示事物的變化。是人為的、有意圖性的施加作用，而產生變化。

▶ 近 形容詞く＋します
[變成…]

0593 ☐☐☐

へん
【辺】

⑧ 附近，一帶；程度，大致

類 辺り（周圍）

例 この辺に銭湯はありませんか。
／這一帶有大眾澡堂嗎？

0594 ☐☐☐

ペン
【pen】

⑧ 筆，原子筆，鋼筆

類 ボールペン（ball-point pen・原子筆）

例 ペンか鉛筆を貸してください。
／請借我原子筆或是鉛筆。

文法

…か…[或者…]

▶ 表示在幾個當中，任選其中一個。

0595 ☐☐☐

べんきょう
【勉強】

⑧・自他サ 努力學習，唸書

類 習う（學習）

例 金さんは日本語を勉強しています。
／金小姐在學日語。

文法

動詞＋ています

▶ 表示動作或事情的持續，也就是動作或事情正在進行中。

0596 ☐☐☐

べんり
【便利】

形動 方便，便利

類 役に立つ（方便） 對 不便（不便）

例 あの建物はエレベーターがあって便利です。
／那棟建築物有電梯很方便。

| 0597 ☐☐☐ | **ほう**
【方】 | 名 方向；方面；（用於並列或比較屬於哪一）部類，類型 |

例 静かな場所の方がいいですね。
／寧靜的地方比較好啊。

| 0598 ☐☐☐ | **ぼうし**
【帽子】 | 名 帽子 |

類 キャップ（cap・棒球帽）

例 山へは帽子をかぶって行きましょう。
／就戴帽子去爬山吧！

文法
へは
▶ 強調格助詞前面的名詞的作用。

| 0599 ☐☐☐ | **ボールペン**
【ball-point pen】 | 名 原子筆，鋼珠筆 |

類 ペン（pen・筆）

例 このボールペンは父からもらいました。
／這支原子筆是爸爸給我的。

| 0600 ☐☐☐ | **ほか**
【外】 | 名・副助 其他，另外；旁邊，外部；（下接否定）只好，只有 |

類 よそ（別處）

例 わかりませんね。ほかの人に聞いてください。
／我不知道耶。問問看其他人吧！

| 0601 ☐☐☐ | **ポケット**
【pocket】 | 名 口袋，衣袋 |

類 袋（袋子）

例 財布をポケットに入れました。
／我把錢包放進了口袋裡。

| 0602 ☐☐☐ | **ポスト**
【post】 | 名 郵筒，信箱 |

類 郵便（郵件）

例 この辺にポストはありますか。
／這附近有郵筒嗎？

0603
□□□

ほそい
【細い】

形 細，細小；狹窄

類 薄い（厚度薄）　對 太い（肥胖）

例 車が細い道を通るので、危ないです。
／因為車子要開進窄道，所以很危險。

文法
…ので、…[因為…]
▶ 表示原因、理由。是較委婉的表達方式。一般用在客觀的因果關係，所以也容易推測出結果。

0604
□□□

ボタン
【(葡)botão／button】

名 釦子，鈕釦；按鍵

例 白いボタンを押してから、青いボタンを押します。
／按下白色按鈕後，再按藍色按鈕。

0605
□□□

ホテル
【hotel】

名 （西式）飯店，旅館

類 旅館（旅館）

例 プリンスホテルに三泊しました。
／在王子飯店住了四天三夜。

0606
□□□

ほん
【本】

名 書，書籍

類 教科書（教科書）

例 図書館で本を借りました。
／到圖書館借了書。

0607
□□□

ほん・ぼん・ぽん
【本】

接尾 （計算細長的物品）…支，…棵，…瓶，…條

例 鉛筆が１本あります。
／有一支鉛筆。

0608
□□□

ほんだな
【本棚】

名 書架，書櫃，書櫥

類 棚（架子）

例 本棚の右に小さいいすがあります。
／書架的右邊有張小椅子。

0609 □□□	**ほんとう** 【本当】	(名・形動) **真正**

（類）ほんと（真的）　（對）嘘（謊言）

（例）これは本当のお金ではありません。
　　／這不是真鈔。

0610 □□□	**ほんとうに** 【本当に】	(副) **真正，真實**

（類）実に（實在）

（例）お電話を本当にありがとうございました。
　　／真的很感謝您的來電。

0611
まい
【枚】

接尾（計算平薄的東西）…張，…片，…幅，…扇

27

例 切符を2枚買いました。
／我買了兩張票。

0612
まいあさ
【毎朝】

名 每天早上

對 毎晩（每天晚上）
例 毎朝髪の毛を洗ってから出かけます。
／每天早上洗完頭髮才出門。

0613
まいげつ・まいつき
【毎月】

名 每個月

類 月々（每月）
例 毎月 15日が給料日です。
／每個月15號發薪水。

0614
まいしゅう
【毎週】

名 每個星期，每週，每個禮拜

類 週（星期）
例 毎週日本にいる彼にメールを書きます。
／每個禮拜都寫 e-mail 給在日本的男友。

0615
まいとし・まいねん
【毎年】

名 每年

類 年（年）
例 毎年友達と山でスキーをします。
／每年都會和朋友一起到山上滑雪。

0616
まいにち
【毎日】

名 每天，每日，天天

類 日（天）
例 毎日いい天気ですね。
／每天天氣都很好呢。

読書計劃：□□／□□／□□

0617 □□□
まいばん
【毎晩】
③ 每天晚上

類 晩（夜）

例 私は毎晩新聞を読みます。それからラジオを聞きます。
／我每晚都看報紙。然後會聽廣播。

文法
それから［然後；還有］
▶ 表示動作順序。連接前後兩件事，按照時間順序發生。另還表示並列。用在列舉事物，再加上某事物。

0618 □□□
まえ
【前】
③（空間的）前，前面

類 横（旁邊）　對 後ろ（後面）

例 机の前には何もありません。
／書桌前什麼也沒有。

文法
なにも［也（不）…，都（不）…］
▶ 後接否定。表示全面的否定。

0619 □□□
まえ
【前】
③（時間的）…前，之前

類 過ぎ（之後）

例 今 8 時 15 分前です。
／現在差十五分就八點了。（八點的十五分鐘前）

文法
まえ［差…，…前］
▶ 接在表示時間名詞後面，表示比那時間稍前。

0620 □□□
まがる
【曲がる】
自五 彎曲；拐彎

類 折れる（轉彎）　對 真っ直ぐ（筆直）

例 この角を右に曲がります。
／在這個轉角右轉。

文法
を
▶ 表示經過或移動的場所。

0621 □□□
まずい
【不味い】
形 不好吃，難吃

類 悪い（不好）　對 美味しい（好吃）

例 冷めたラーメンはまずい。
／冷掉的拉麵真難吃。

0622 □□□

また
【又】

(副) 還，又，再；也，亦；同時

(類) そして（又・而且）

(例) 今日の午前は雨ですが、午後から曇りになります。夜にはまた雨ですね。
／今天上午下雨，但下午會轉陰。晚上又會再下雨。

0623 □□□

まだ
【未だ】

(副) 還，尚；仍然；才，不過

(對) もう（已經）

(例) 図書館の本はまだ返していません。
／還沒還圖書館的書。

0624 □□□

まち
【町】

(名) 城鎮；町

(類) 都会（都市）　(對) 田舎（鄉下）

(例) 町の南側は緑が多い。　／城鎮的南邊綠意盎然。

0625 □□□

まつ
【待つ】

(他五) 等候，等待；期待，指望

(類) 待ち合わせる（等候碰面）

(例) いっしょに待ちましょう。　／一起等吧！

0626 □□□

まっすぐ
【真っ直ぐ】

(副・形動) 筆直，不彎曲；一直，直接

(對) 曲がる（彎曲）

(例) まっすぐ行って次の角を曲がってください。
／直走，然後在下個轉角轉彎。

0627 □□□

マッチ
【match】

(名) 火柴；火材盒

(類) ライター（lighter・打火機）

(例) マッチでたばこに火をつけた。　／用火柴點煙。

0628 □□□
ま|ど
【窓】
名 窗戶

例 風で窓が閉まりました。
／風把窗戶給關上了。

文法
…で［因為…]
▶ 表示原因、理由。

0629 □□□
ま|るい
【丸い・円い】
形 圓形，球形

對 四角い（四角）
例 丸い建物があります。／有棟圓形的建築物。

0630 □□□
ま|ん
【万】
名 （數）萬

例 ここには１２０万ぐらいの人が住んでいます。
／約有 120 萬人住在這裡。

文法
ぐらい［大約，左右，上下]
▶ 表示數量上的推測、估計。一般用在無法預估正確的數量，或是數量不明確的時候。

0631 □□□
ま|んねんひつ
【万年筆】
名 鋼筆

例 胸のポケットに万年筆をさした。
／把鋼筆插進了胸前的口袋。

み

0632 □□□
み|がく
【磨く】
他五 刷洗，擦亮；研磨，琢磨

類 洗う（洗滌）
例 お風呂に入る前に、歯を磨きます。
／洗澡前先刷牙。

文法
まえに［…之前，先…]
▶ 表示動作的順序，也就是做前項動作之前，先做後項的動作。

0633
□□□
みぎ
【右】

名 右，右側，右邊，右方

類 右側（右側） 對 左（左邊）

例 地下鉄は右ですか、左ですか。
／地下鐵是在右邊？還是左邊？

文法
…か、…か [是…，還是…]
▶ 表示從不確定的兩個事物中，選出一樣來。

0634
□□□
みじかい
【短い】

形 （時間）短少；（距離，長度等）短，近

類 低い（低；矮） 對 長い（長）

例 暑いから、髪の毛を短く切りました。
／因為很熱，所以剪短了頭髮。

0635
□□□
みず
【水】

名 水；冷水

類 ウォーター（water・水） 對 湯（開水）

例 水をたくさん飲みましょう。／要多喝水喔！

0636
□□□
28
みせ
【店】

名 店，商店，店鋪，攤子

類 コンビニ（convenience store 之略・便利商店）

例 あの店は何という名前ですか。
／那家店名叫什麼？

文法
…という [叫做…]
▶ 表示說明後面事物、人或場所的名字。一般是說話者或聽話者一方，或者雙方都不熟悉的事物。

0637
□□□
みせる
【見せる】

他下一 讓…看，給…看

類 見る（看）

例 先週友達に母の写真を見せました。
／上禮拜拿了媽媽的照片給朋友看。

0638
□□□
みち
【道】

名 路，道路

類 通り（馬路）

例 あの道は狭いです。／那條路很窄。

0639 □□□
み っ か
【三日】

名（每月）三號；三天

類 3日間（三天）

例 三日から寒くなりますよ。
／三號起會變冷喔。

文法

形容詞く＋なります
[變成…]
▶ 表示事物的變化。

よ［…喔］
▶ 請對方注意，或使對方接受自己的意見時，用來加強語氣。

0640 □□□
み っ つ
【三つ】

名（數）三；三個；三歲

類 三個（三個）

例 りんごを三つください。
／給我三顆蘋果。

文法

…を…ください [我要…，給我…]
▶ 表示想要什麼的時候，跟某人要求某事物。

0641 □□□
み ど り
【緑】

名 綠色

類 グリーン（green・綠色）

例 緑のボタンを押すとドアが開きます。
／按下綠色按鈕門就會打開。

0642 □□□
み な さ ん
【皆さん】

名 大家，各位

類 皆（大家）

例 えー、皆さんよく聞いてください。
／咳！大家聽好了。

0643 □□□
み な み
【南】

名 南，南方，南邊

類 南方（南方） 對 北（北方）

例 私は冬が好きではありませんから、南へ遊びに行きます。
／我不喜歡冬天，所以要去南方玩。

文法

…へ…に
▶ 表示移動的場所與目的。

0644 □□□
みみ
【耳】
名 耳朵

例 木曜日から耳が痛いです。
／禮拜四以來耳朵就很痛。

0645 □□□
みる
【見る】
他上一 看，觀看，察看；照料；參觀

類 聞く（聽到）
例 朝ご飯の後でテレビを見ました。
／早餐後看了電視。

文法
のあとで［…後］
▶ 表示完成前項事情之後進行後項行為。

0646 □□□
みんな
名 大家，各位

類 皆さん（大家）
例 みんなこっちに集まってください。／大家請到這裡集合。

む

0647 □□□
むいか
【六日】
名 （每月）六號，六日；六天

類 6日間（六天）
例 六日は何時まで仕事をしますか。
／你六號要工作到幾點？

0648 □□□
むこう
【向こう】
名 前面，正對面；另一側；那邊

類 あちら（那邊） 對 こちら（這邊）
例 交番は橋の向こうにあります。
／派出所在橋的另一側。

文法
…は…にあります［…在…］
▶ 表示某物或人存在某場所。也就是無生命事物的存在場所。

0649 □□□
むずかしい
【難しい】
形 難，困難，難辦；麻煩，複雜

類 大変（費力） 對 易しい（容易）；簡単（簡單）
例 このテストは難しくないです。／這考試不難。

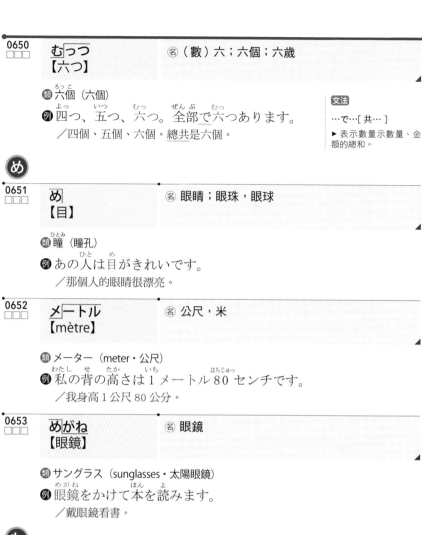

0650
□□□

むっつ
【六つ】

名（數）六；六個；六歳

類 六個（六個）

例 四つ、五つ、六つ。全部で六つあります。
／四個、五個、六個。總共是六個。

文法
…で…[共…]
▶ 表示數量示數量、金額的總和。

め

0651
□□□

め
【目】

名 眼晴；眼珠，眼球

類 瞳（瞳孔）

例 あの人は目がきれいです。
／那個人的眼睛很漂亮。

0652
□□□

メートル
【mètre】

名 公尺，米

類 メーター（meter・公尺）

例 私の背の高さは 1 メートル 80 センチです。
／我身高 1 公尺 80 公分。

0653
□□□

めがね
【眼鏡】

名 眼鏡

類 サングラス（sunglasses・太陽眼鏡）

例 眼鏡をかけて本を読みます。
／戴眼鏡看書。

も

0654
□□□

もう

副 另外，再

類 あと（再）

例 もう一度ゆっくり言ってください。
／請慢慢地再講一次。

0655 □□□
もう
副 已經；馬上就要

類 もうすぐ（馬上） 對 未だ（還未）

例 もう 12 時です。寝ましょう。
／已經 12 點了。快睡吧！

0656 □□□
もうす
【申す】
他五 叫做，稱；說，告訴

類 言う（說）

例 はじめまして、楊と申します。
／初次見面，我姓楊。

0657 □□□
もくようび
【木曜日】
名 星期四

類 木曜（週四）

例 今月の 7 日は木曜日です。
／這個月的七號是禮拜四。

0658 □□□
もしもし
感 （打電話）喂；喂〈叫住對方〉

類 あのう（請問〈叫住對方〉）

例 もしもし、山本ですが、山田さんはいますか。
／喂！我是山本，請問山田先生在嗎？

0659 □□□
もつ
【持つ】
他五 拿，帶，持，攜帶

類 置く（留下） 對 捨てる（丟棄）

例 あなたはお金を持っていますか。
／你有帶錢嗎？

0660 □□□
もっと
副 更，再，進一步

類 もう（再）

例 いつもはもっと早く寝ます。／平時還更早睡。

| 0661 □□□ | もの【物】 | 名（有形）物品，東西；（無形的）事物 |

類 飲み物（飲料）

例 あの店にはどんな物があるか教えてください。

／請告訴我那間店有什麼東西？

| 0662 □□□ | もん【門】 | 名 門，大門 |

類 出口（出口）

例 この家の門は石でできていた。

／這棟房子的大門是用石頭做的。

| 0663 □□□ | もんだい【問題】 | 名 問題；（需要研究，處理，討論的）事項 |

類 試験（考試）　對 答え（答案）

例 この問題は難しかった。

／這道問題很困難。

0664
□□□
や
【屋】
29

名・接尾 房屋；…店，商店或工作人員

類 店 (店)

例 すみません、この近くに魚屋はありますか。
／請問一下，這附近有魚販嗎？

0665
□□□
や｜おや
【八百屋】

名 蔬果店，菜舖

例 八百屋へ野菜を買いに行きます。
／到蔬果店買蔬菜去。

文法
へ [往…，去…]
▶ 前接跟地方有關的名詞，
表示動作、行為的方向。
同時也指行為的目的地。

0666
□□□
や｜さい
【野菜】

名 蔬菜，青菜

類 果物 (水果)

例 子どものとき野菜が好きではありませんでした。／小時候不喜歡吃青菜。

0667
□□□
や｜さしい
【易しい】

形 簡單，容易，易懂

類 簡単 (簡單) 對 難しい (困難)

例 テストはやさしかったです。／考試很簡單。

0668
□□□
や｜すい
【安い】

形 便宜，(價錢) 低廉

類 低い (低的) 對 高い (貴)

例 あの店のケーキは安くておいしいですね。
／那家店的蛋糕既便宜又好吃呀。

0669
□□□
や｜すみ
【休み】

名 休息；假日，休假；停止營業；缺勤；睡覺

類 春休み (春假)

例 明日は休みですが、どこへも行きません。
／明天是假日，但哪都不去。

文法
どこへも [也 (不) …，
都 (不) …]
▶ 下接否定。表示全面的
否定。

0670 ☐☐☐
やすむ
【休む】
（他五・自五）休息，歇息；停歇；睡，就寢；請假，缺勤

類 寝る（就寢）　對 働く（工作）

例 疲れたから、ちょっと休みましょう。
／有點累了，休息一下吧。

0671 ☐☐☐
やっつ
【八つ】
（名）（數）八；八個；八歲

類 八個（八個）

例 アイスクリーム、全部で八つですね。
／一共八個冰淇淋是吧。

文法
で［共…］
▶ 表示數量示數量、金額的總和。

0672 ☐☐☐
やま
【山】
（名）山；一大堆，成堆如山

類 島（島嶼）　對 海（海洋）

例 この山には桜が 100 本あります。
／這座山有一百棵櫻樹。

0673 ☐☐☐
やる
（他五）做，進行；派遣；給予

類 する（做）

例 日曜日、食堂はやっています。　／禮拜日餐廳有開。

ゆ

0674 ☐☐☐
ゆうがた
【夕方】
（名）傍晚

類 夕暮れ（黃昏）

例 夕方まで妹といっしょに庭で遊びました。
／我和妹妹一起在院子裡玩到了傍晚。

0675 ☐☐☐
ゆうはん
【夕飯】
（名）晚飯

類 晚ご飯（晚餐）

例 いつも 9 時ごろ夕飯を食べます。　／經常在九點左右吃晚餐。

や
行單字

0676
□□□
ゆうびんきょく
【郵便局】
名 郵局

例 今日は午後郵便局へ行きますが、銀行へは行きません。
／今天下午會去郵局，但不去銀行。

0677
□□□
ゆうべ
【夕べ】
名 昨天晚上，昨夜；傍晚

類 昨夜（昨晚）　對 今晩（今晚）

例 太郎はゆうべ晩ご飯を食べないで寝ました。
／昨晚太郎沒有吃晚餐就睡了。

文法
…ないで [沒…反而…]
▶ 表示附帶的狀況；也表示並列性的對比，後面的事情大都是跟預料、期待相反的結果。

0678
□□□
ゆうめい
【有名】
形動 有名，聞名，著名

類 知る（認識，知道）

例 このホテルは有名です。／這間飯店很有名。

0679
□□□
ゆき
【雪】
名 雪

類 雨（雨）

例 あの山には一年中雪があります。
／那座山整年都下著雪。

文法
じゅう [整…]
▶ 表示整個時間上的期間一直怎樣，或整個空間上的範圍之內。

0680
□□□
ゆっくり
副 慢，不著急

類 遅い（慢）　對 速い（迅速的）

例 もっとゆっくり話してください。／請再講慢一點！

よ

0681
□□□
ようか
【八日】
名 （每月）八號，八日；八天

類 8日間（八天）

例 今日は四日ですか、八日ですか。／今天是四號？還是八號？

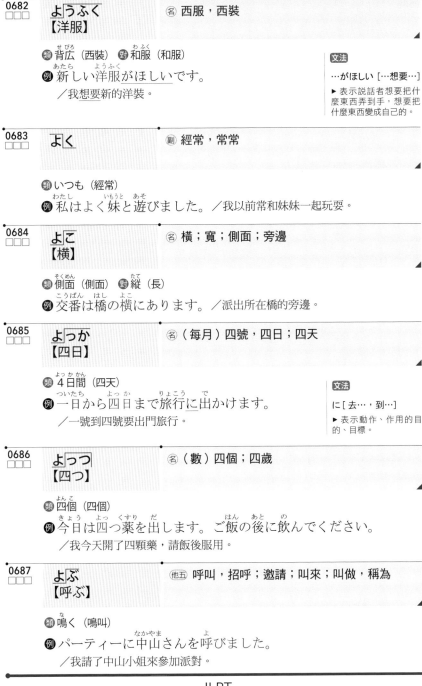

0682 □□□

よ|うふく
【洋服】

㊂ 西服，西裝

㊣ 背広（西裝）　㊥ 和服（和服）

㋑ 新しい洋服がほしいです。
　／我想要新的洋裝。

文法

…がほしい [⋯想要⋯]

▶ 表示説話者想要把什麼東西弄到手，想要把什麼東西變成自己的。

0683 □□□

よく

㊐ 經常，常常

㊣ いつも（經常）

㋑ 私はよく妹と遊びました。　／我以前常和妹妹一起玩耍。

0684 □□□

よこ
【横】

㊂ 橫；寬；側面；旁邊

㊣ 側面（側面）　㊥ 縦（長）

㋑ 交番は橋の横にあります。　／派出所在橋的旁邊。

0685 □□□

よっか
【四日】

㊂ （毎月）四號，四日；四天

㊣ 4日間（四天）

㋑ 一日から四日まで旅行に出かけます。
　／一號到四號要出門旅行。

文法

に [去⋯，到⋯]

▶ 表示動作、作用的目的、目標。

0686 □□□

よっつ
【四つ】

㊂ （數）四個；四歲

㊣ 四個（四個）

㋑ 今日は四つ薬を出します。ご飯の後に飲んでください。
　／我今天開了四顆藥，請飯後服用。

0687 □□□

よ|ぶ
【呼ぶ】

㊟五 呼叫，招呼；邀請；叫來；叫做，稱為

㊣ 鳴く（鳴叫）

㋑ パーティーに中山さんを呼びました。
　／我請了中山小姐來參加派對。

| 0688 □□□ | **よむ** 【読む】 | 他五 閱讀，看；唸，朗讀 |

類見る（觀看） 對書く（書寫）

例 私は毎日、コーヒーを飲みながら新聞を読みます。

／我每天邊喝咖啡邊看報紙。

| 0689 □□□ | **よる** 【夜】 | 名 晚上，夜裡 |

類晚（晚上） 對昼（白天）

例 私は昨日の夜友達と話した後で寝ました。

／我昨晚和朋友聊完天後，便去睡了。

文法

たあとで［…以後…］

▶ 表示前項的動作做完後，相隔一定的時間發生後項的動作。

| 0690 □□□ | **よわい** 【弱い】 | 形 弱的；不擅長 |

類下手（不擅長） 對強い（強）

例 女は男より力が弱いです。

／女生的力量比男生弱小。

文法

…は…より［…比…］

▶ 表示對兩件性質相同的事物進行比較後，選擇前者。

0691 □□□

Track 30

らいげつ
【来月】

名 下個月

對 先月（上個月）
例 私の子どもは来月から高校生になります。
／我孩子下個月即將成為高中生。

0692 □□□

らいしゅう
【来週】

名 下星期

對 先週（上星期）
例 それでは、また来週。
／那麼，下週見。

文法

それでは [那麼]
▶ 表示順態發展。根據
對方的話，再説出自己
的想法。或某事物的開
始或結束，以及與人分
別的時候。

0693 □□□

らいねん
【来年】

名 明年

類 年（年；歲） 對 去年（去年）
例 来年京都へ旅行に行きます。
／明年要去京都旅行。

0694 □□□

ラジオ
【radio】

名 收音機；無線電

例 ラジオで日本語を聞きます。
／用收音機聽日語。

り

0695 □□□

りっぱ
【立派】

形動 了不起，出色，優秀；漂亮，美觀

類 結構（極好） 對 粗末（粗糙）
例 私は立派な医者になりたいです。
／我想成為一位出色的醫生。

文法

たい […想要做…]
▶ 表示説話者內心希望
某一行為能實現，或是
強烈的願望。疑問句時
表示聽話者的願望。

あ

か

さ

た

な

は

ま

や

ら

わ

練習

0696 □□□
りゅうがくせい
【留学生】
(名) 留学生

例 日本の留学生から日本語を習っています。
／我現在在跟日本留學生學日語。

0697 □□□
りょうしん
【両親】
(名) 父母，雙親

類 親（雙親）
例 ご両親はお元気ですか。／您父母親近來可好？

0698 □□□
りょうり
【料理】
(名・自他サ) 菜餚，飯菜；做菜，烹調

類 ご馳走（大餐）
例 この料理は肉と野菜で作ります。／這道料理是用肉和蔬菜烹調的。

0699 □□□
りょこう
【旅行】
(名・自サ) 旅行，旅遊，遊歴

類 旅（旅行）
例 外国に旅行に行きます。
／我要去外國旅行。

文法
…に…に
▶ 表示移動的場所與目的。

れ

0700 □□□
れい
【零】
(名)（數）零；沒有

類 ゼロ（zero・零）
例 一対〇で負けた。／一比零輸了。

0701 □□□
れいぞうこ
【冷蔵庫】
(名) 冰箱，冷藏室，冷藏庫

例 牛乳は冷蔵庫にまだあります。
／冰箱裡還有牛奶。

文法
まだ [還…；還有…]
▶ 後接肯定。表示同樣的狀態，從過去到現在一直持續著。另也表示還留有某些時間或東西。

0702
□□□

レコード
【record】

⊛ 唱片，黑膠唱片（圓盤形）

類 ステレオ（stereo・音響）

例 古いレコードを聞くのが好きです。
／我喜歡聽老式的黑膠唱片。

0703
□□□

レストラン
【(法) restaurant】

⊛ 西餐廳

類 食堂（食堂）

例 明日は誕生日だから友達とレストランへ行きます。
／明天是生日，所以和朋友一起去餐廳。

0704
□□□

れんしゅう
【練習】

名・他サ 練習，反覆學習

類 勉強（用功學習）

例 何度も発音の練習をしたから、発音はきれ

いになった。
／因為不斷地練習發音，所以發音變漂亮了。

文法
…も…[又；也]
▶ 表示數量比一般想像的還多，有強調多的作用。含有意外的語意。
形容動詞に＋なります
▶ 表示事物的變化。

0705
□□□

ろく
【六】

⊛ （數）六；六個

類 六つ（六個）

例 明日の朝、六時に起きますからもう寝ます。
／明天早上六點要起床，所以我要睡了。

0706
□□□

ワイシャツ
【white shirt】

图 襯衫

(31)

類 シャツ（shirt・襯衫）

例 このワイシャツは誕生日にもらいました。
／這件襯衫是生日時收到的。

0707
□□□

わかい
【若い】

形 年輕；年紀小；有朝氣

類 元気（朝氣） 對 年寄り（年老的）

例 コンサートは若い人でいっぱいだ。
／演唱會裡擠滿了年輕人。

文法
で[在…；以…]
▶ 表示在某種狀態、情況下做後項的事情。

0708
□□□

わかる
【分かる】

自五 知道，明白；懂得，理解

類 知る（知道；理解）

例「この花はあそこにおいてください。」
「はい、分かりました。」
／「請把這束花放在那裡。」「好，我知道了。」

文法
あそこ[那裡]
▶ 場所指示代名詞。指離説話者和聽話者都遠的場所。

0709
□□□

わすれる
【忘れる】

他下一 忘記，忘掉；忘懷，忘卻；遺忘

對 覚える（記住）

例 彼女の電話番号を忘れた。
／我忘記了她的電話號碼。

0710
□□□

わたす
【渡す】

他五 交給，交付

類 あげる（給） 對 取る（拿取）

例 兄に新聞を渡した。／我拿了報紙給哥哥。

0711
□□□

わたる
【渡る】

自五 渡，過（河）；（從海外）渡來

類 通る（走過）

例 この川を渡ると東京です。／過了這條河就是東京。

わるい
【悪い】

㊚ 不好，壞的；不對，錯誤

㊀不味い（不好）；下手（笨拙）　㊌良い（好）

㊐今日は天気が悪いから、傘を持っていきます。
／今天天氣不好，所以帶傘出門。

MEMO

N5
TEST

JLPT

*以「國際交流基金日本國際教育支援協會」的「新しい『日本語能力試験』ガイド
ブック」為基準的三回「文字・語彙 模擬考題」。

もんだい1　漢字讀音問題　應試訣竅

　　這一題要考的是漢字讀音問題。出題形式改變了一些，但考點是一樣的。問題從舊制的20題減為12題。

　　漢字讀音分音讀跟訓讀，預估音讀跟訓讀將各佔一半的分數。音讀中要注意的有濁音、長短音、促音、撥音…等問題。而日語固有讀法的訓讀中，也要注意特殊的讀音單字。當然，發音上有特殊變化的單字，出現比率也不低。我們歸納分析一下：

1. 音讀：接近國語發音的音讀方法。如：「花」唸成「か」、「犬」唸成「けん」。
2. 訓讀：日本原來就有的發音。如：「花」唸成「はな」、「犬」唸成「いぬ」。
3. 熟語：由兩個以上的漢字組成的單字。如：練習、切手、每朝、見本、為替等。
　　　　其中還包括日本特殊的固定讀法，就是所謂的「熟字訓読み」。如：「小豆」（あずき）、「土産」（みやげ）、「海苔」（のり）等。
4. 發音上的變化：字跟字結合時，產生發音上變化的單字。如：春雨（はるさめ）、反応（はんのう）、酒屋（さかや）等。

もんだい1　＿＿＿の　ことばは　どう　よみますか。1・2・3・4から
　　　　　　いちばん　いい　ものを　ひとつ　えらんで　ください。

1 あなたの　すきな　番号は　なんですか。
　　1　ばんこう　　　　2　ばんごお　　　　3　ばんごう　　　　4　ばんご

2 えきの　となりに　交番が　あります。
　　1　こうばん　　　　2　こうはん　　　　3　こおばん　　　　4　こばん

3 車を　うんてんする　ことが　できますか。
　　1　くりま　　　　　2　くろま　　　　　3　くるま　　　　　4　くらま

|4| わたしの　クラスには　<u>七月</u>　うまれの　ひとが　5人も　います。
　1　ななつき　　　　2　なながつ　　　3　しちがつ　　　4　しちつき

|5| いつ　<u>結婚</u>する　つもりですか。
　1　けっこん　　　　2　けこん　　　　3　けうこん　　　4　けんこん

|6| かべの　<u>時計</u>が　とまって　いますよ。
　1　とけえ　　　　　2　どけい　　　　3　とけい　　　　4　どけえ

|7| <u>字引</u>を　もって　くるのを　わすれました。
　1　じひぎ　　　　　2　じびき　　　　3　じびぎ　　　　4　じぴき

|8| まだ　4さいですが、かんじで　<u>名前</u>を　かくことが　できます。
　1　なまい　　　　　2　なまえ　　　　3　なまへ　　　　4　おなまえ

|9| この　<u>紙</u>は　だれのですか。
　1　かみ　　　　　　2　がみ　　　　　3　かま　　　　　4　がま

|10| <u>音楽</u>の　じゅぎょうが　いちばん　すきです。
　1　おんかぐ　　　　2　おんがく　　　3　おんかく　　　4　おんがぐ

|11| <u>庭</u>に　となりの　ネコが　はいって　きました。
　1　にわ　　　　　　2　には　　　　　3　なわ　　　　　4　なは

|12| まいつき　<u>十日</u>には　レストランで　しょくじを　します。
　1　とうが　　　　　2　とおか　　　　3　とうか　　　　4　とか

もんだい2　漢字書寫問題　應試訣竅

　　這一題要考的是漢字書寫問題。出題形式改變了一些，但考點是一樣的。問題預估為8題。

　　這道題要考的是音讀漢字跟訓讀漢字，預估將各佔一半的分數。音讀漢字考點在識別詞的同音異字上，訓讀漢字考點在掌握詞的意義，及該詞的表記漢字上。

　　解答方式，首先要仔細閱讀全句，從句意上判斷出是哪個詞，浮想出這個詞的表記漢字，確定該詞的漢字寫法。也就是根據句意確定詞，根據詞意來確定字。如果只看畫線部分，很容易張冠李戴，要小心。

もんだい2　＿＿＿の　ことばは　どう　かきますか。1・2・3・4から
　　　　　　いちばん　いい　ものを　ひとつ　えらんで　ください。

13　きってを　かいに　いきます。
　　1　切手　　　　　2　功毛　　　　　3　切于　　　　　4　功手

14　この　ふくは　もう　あらって　ありますか。
　　1　洋って　　　　2　汁って　　　　3　洗って　　　　4　流って

15　ぼーるぺんで　かいて　ください。
　　1　ボールペン　　2　ボールペニ　　3　ボールペソ　　4　ボーレペン

16　ぽけっとに　なにが　はいって　いるのですか。
　　1　ポケット　　　2　プケット　　　3　パクット　　　4　ピクット

17　おとうとは　からい　ものを　たべることが　できません。
　　1　辛い　　　　　2　甘い　　　　　3　甘い　　　　　4　幸い

18 すーぱーへ ぎゅうにゅうを かいに いきます。

　1　スーポー　　　　2　クーポー　　　3　ヌーパー　　　4　スーパー

19 くらいですから きを つけて ください。

　1　暗らい　　　　　2　暗い　　　　　3　明らい　　　　4　明い

20 きょうしつの でんきが つきません。

　1　電气　　　　　　2　電気　　　　　3　雷气　　　　　4　雷気

もんだい3　選擇符合文脈的詞彙問題　應試訣竅

這一題要考的是選擇符合文脈的詞彙問題。這是延續舊制的出題方式，問題預估為10題。

這道題主要測試考生是否能正確把握詞義，如類義詞的區別運用能力，及能否掌握日語的獨特用法或固定搭配等等。預測名詞、動詞、形容詞、副詞的出題數都有一定的配分。另外，外來語也估計會出一題，要多注意。

由於我們的國字跟日本的漢字之間，同形同義字佔有相當的比率，這是我們得天獨厚的地方。但相對的也存在不少的同形不同義的字，這時候就要注意，不要太拘泥於國字的含義，而混淆詞義。應該多從像「暗号で送る」（用暗號發送）、「絶対安静」（得多靜養）、「口が堅い」（口風很緊）等日語固定的搭配，或獨特的用法來做練習才是。以達到加深對詞義的理解、觸類旁通、豐富詞彙量的目的。

もんだい3　（　　　）に　なにを　いれますか。1・2・3・4から　いちばん　いい　ものを　ひとつ　えらんで　ください。

21 ほんだなに　にんぎょうが　おいて　（　　　　）。
1　います　　　　2　おきます　　　3　あります　　　4　いきます

22 あの　せんせいは　（　　　　）ですから、しんぱいしなくて　いいですよ。
1　すずしい　　　　2　やさしい　　　3　おいしい　　　4　あぶない

23 「すみません、この　にくと　たまごを　（　　　　）。ぜんぶで　いくら
　　　ですか。」

　　　「ありがとう　ございます。1,200えんです。」

　　1　かいませんか　　　　　　　　　　2　かいたくないです

　　3　かいたいです　　　　　　　　　　4　かいました

24 からだが　よわいですから、よく　（　　　　）を　のみます。

　　1　びょうき　　　　　2　のみもの　　　3　ごはん　　　　4　くすり

25 その　えいがは　（　　　　）ですよ。

　　1　つらかった　　　　2　きたなかった　　3　まずかった　　4　つまらなかった

26 いまから　ピアノの　（　　　　）　いきます。

　　1　ならうに　　　　　2　するに　　　　　3　れんしゅうに　4　のりに

27 （　　　　）　プレゼントを　かえば　いいと　おもいますか。

　　1　どんな　　　　　　2　なにの　　　　　3　どれの　　　　4　どうして

28 （　　　　）が　たりません。すわれない　ひとが　います。

　　1　たな　　　　　　　2　さら　　　　　　3　いえ　　　　　4　いす

29 「すみません。たいしかんまで　どれぐらいですか。」

　　　「そうですね、だいたい　2（　　　　）ぐらいですね。」

　　1　グラム　　　　　　2　キロメートル　3　キログラム　　4　センチ

30 おかあさんの　おとうさんは　（　　　　）です。

　　1　おじさん　　　　　2　おじいさん　　3　おばさん　　　4　おばあさん

もんだい4　替換同義詞　應試訣竅

　　這一題要考的是替換同義詞，或同一句話不同表現的問題，這是延續舊制的出題方式，問題預估為5題。

　　這道題的題目預測會給一個句子，句中會有某個關鍵詞彙，請考生從四個選項句中，選出意思跟題目句中該詞彙相近的詞來。看到這種題型，要能馬上反應出，句中關鍵字的類義跟對義詞。如：太る（肥胖）的類義詞有肥える、肥る…等；太る的對義詞有やせる…等。

　　這對這道題，準備的方式是，將詞義相近的字一起記起來。這樣，透過聯想記憶來豐富詞彙量，並提高答題速度。

　　另外，針對同一句話不同表現的「換句話説」問題，可以分成幾種不同的類型，進行記憶。例如：

比較句

○中小企業は大手企業より資金力が乏しい。

○大手企業は中小企業より資金力が豊かだ。

分裂句

○今週買ったのは、テレビでした。

○今週は、テレビを買いました。

○部屋の隅に、ごみが残っています。

○ごみは、部屋の隅にまだあります。

敬語句

○お支払いはいかがなさいますか。

○お支払いはどうなさいますか。

同概念句

○夏休みに桜が開花する。

○夏休みに桜が咲く。

…等。

> 也就是把「換句話説」的句子分門別類，透過替換句的整理，來提高答題正確率。

もんだい4 ＿＿＿のぶんと だいたい おなじ いみの ぶんが あります。1・2・3・4から いちばん いい ものを ひとつ えらんで ください。

あ

か

31 ゆうべは おそく ねましたから、 けさは 11じに おきました。
1 きのうは 11じに ねました。
2 きょうは 11じまで ねて いました。
3 きのうは 11じまで ねました。
4 きょうは 11じに ねます。

さ

32 この コーヒーは ぬるいです。
1 この コーヒーは あついです。
2 この コーヒーは つめたいです。
3 この コーヒーは あつくないし、つめたくないです。
4 この コーヒーは あつくて、つめたいです。

た

な

33 あしたは やすみですから、もう すこし おきて いても いいです。
1 もう ねなければ いけません。
2 まだ ねて います。
3 まだ ねなくても だいじょうぶです。
4 もう すこしで おきる じかんです。

は

ま

34 びじゅつかんに いく ひとは この さきの かどを みぎに まがってください。
1 びじゅつかんに いく ひとは この まえの かどを まがって ください。
2 びじゅつかんに いくひとは この うしろの かどを まがって ください。
3 びじゅつかんに いく ひとは この よこの かどを まがって ください。
4 びじゅつかんに いく ひとは この となりの かどを まがって ください。

や

ら

35 きょねんの たんじょうびには りょうしんから とけいを もらいました。
1 1ねん まえの たんじょうびに とけいを あげました。
2 2ねん まえの たんじょうびに とけいを あげました。
3 この とけいは 1ねん まえの たんじょうびに もらった ものです。
4 この とけいは 2ねん まえの たんじょうびに もらった ものです。

わ

練習

もんだい1　＿＿＿の　ことばは　どう　よみますか。１・２・３・４から　いちばん　いい　ものを　ひとつ　えらんで　ください。

1　まだ　外国へ　いったことが　ありません。
　　1　かいごく　　　　2　がいこぐ　　　3　がいごく　　　4　がいこく

2　きのうの　ゆうしょくは　不味かったです。
　　1　まづかった　　　2　まついかった　3　まずかった　　4　まずいかった

3　3じに　友達が　あそびに　きます。
　　1　ともだち　　　　2　おともだち　　3　どもたち　　　4　どもだち

4　再来年には　こうこうせいに　なります。
　　1　さいらいねん　　2　おととし　　　3　らいねん　　　4　さらいねん

5　えんぴつを　三本　かして　ください。
　　1　さんぽん　　　　2　さんほん　　　3　さんぼん　　　4　さんっぽん

6　その　箱は　にほんから　とどいた　ものです。
　　1　はこ　　　　　　2　ぱこ　　　　　3　ばこ　　　　　4　ばご

7　どんな　果物が　すきですか。
　　1　くだもん　　　　2　くだもの　　　3　くたもの　　　4　ぐたもの

8　えきの　入口は　どこですか。
　　1　はいりぐち　　　2　いりくち　　　3　いりぐち　　　4　いるぐち

9 おじいちゃんは いつも 万年筆で てがみを かきます。
1 まねんひつ 2 まんねんひつ 3 まんねんびつ 4 まんねんぴつ

10 ほんやで 辞書を かいました。
1 しじょ 2 じしょう 3 じっしょ 4 じしょ

11 きょうは 夕方から あめが ふりますよ。
1 ゆかた 2 ゆうがだ 3 ゆうかだ 4 ゆうがた

12 わたしは コーヒーに 砂糖を いれません。
1 さと 2 さとお 3 さいとう 4 さとう

もんだい2 ＿＿＿の ことばは どう よみますか。1・2・3・4から
いちばん いい ものを ひとつ えらんで ください。

13 これが りょこうに もって いく にもつです。
1 荷勿 　　　　 2 荷物 　　　　 3 何物 　　　　 4 苻物

14 おおきい はこですが、かるいですよ。
1 経るい 　　　 2 経い 　　　 3 軽るい 　　　 4 軽い

15 おじいちゃんは まいげつ びょういんに いきます。
1 毎年 　　　　 2 毎月 　　　　 3 毎週 　　　　 4 毎回

16 まるい テーブルが ほしいです。
1 九るい 　　　 2 九い 　　　 3 丸るい 　　　 4 丸い

17 わたしは 10さいから めがねを しています。
1 眼境 　　　　 2 眼鏡 　　　　 3 目鏡 　　　　 4 目竟

18 こんばんは かえるのが おそく なります。
1 今夜 　　　　 2 今晩 　　　　 3 今日 　　　　 4 今朝

19 おきゃくさんが げんかんで まって います。
1 玄関 　　　　 2 玄門 　　　　 3 玄間 　　　　 4 玄開

20 まっちで ひを つけます。
1 マッチ 　　　 2 ムッテ 　　　 3 ムッチ 　　　 4 マッテ

もんだい3 （　　　）に　なにを　いれますか。1・2・3・4から
いちばん　いい　ものを　ひとつ　えらんで　ください。

あ

か

21 きゅうに　そらが　（　　　　）　きました。
　1 ふって　　　　　　2 おりて　　　　　3 さがって　　　4 くもって

さ

22 にわで　ねこが　ないて　（　　　　）。
　1 おきます　　　　2 あります　　　3 います　　　4 いります

た

23 としょしつは　5かいに　ありますから、そこの　かいだんを
　（　　　　）ください。
　1 くだって　　　　2 さがって　　　3 のぼって　　　4 あがって

な

24 すみません、いちばん　ちかい　ちかてつの　えきは　どちらに
　（　　　　）。
　1 いきますか　　　2 いけますか　　3 おりますか　　4 ありますか

は

25 あさに　くだものの　（　　　　）を　のむのが　すきです。
　1 パーティー　　　2 ジュース　　　3 パン　　　　4 テーブル

ま

26 テキストの　25ページを　（　　　　）　ください。
　1 おいて　　　　　2 あけて　　　　3 あいて　　　4 しめて

や

27 ゆうがたから　つめたくて　つよい　かぜが　（　　　　）きました。
　1 ふって　　　　　2 きって　　　　3 とんで　　　4 ふいて

ら

わ

練習

28 （　　　　）　やまださんの　ほんですか。

1　なにが　　　　　2　どちらが　　　　3　どなたが　　　　4　だれが

29 そこの　かどを　（　　　　）　ところが　わたしの　いえです。

1　いって　　　　　2　いった　　　　　3　まがって　　　　4　まがった

30 「すみません。この　（　　　　）を　まっすぐ　いくと　だいがくに　つき
ますか。」

「はい、つきますよ。」

1　かわ　　　　　　2　みち　　　　　　3　ひま　　　　　　4　くち

もんだい4 ＿＿＿のぶんと だいたい おなじ いみの ぶんが ありま
す。1・2・3・4から いちばん いい ものを ひとつ
えらんで ください。

31 えいごの しゅくだいは きょうまでに やる つもりでした。
1 えいごの しゅくだいは きょうから ぜんぶ しました。
2 えいごの しゅくだいは もう おわりました。
3 えいごの しゅくだいは まだ できて いません。
4 えいごの しゅくだいは きょうまでに おわりました。

32 さいふが どこにも ありません。
1 どこにも さいふは ないです。
2 どちらの さいふも ありません。
3 どこかに さいふは あります。
4 どこに さいふが あるか きいて いません。

33 この じどうしゃは ふるいので もう のりません。
1 この じどうしゃは ふるいですが、まだ のります。
2 この じどうしゃは あたらしいので、まだ つかいます。
3 この じどうしゃは あたらしいですが つかいません。
4 この じどうしゃは ふるいですので、もう つかいません。

34 おちゃわんに はんぶんだけ ごはんを いれて ください。
1 おちゃわんに はんぶんしか ごはんを いれないで ください。
2 おちゃわんに はんぶん ごはんが はいって います。
3 おちゃわんに はんぶん ごはんを いれて あげます。
4 おちゃわんに はんぶんだけ ごはんを いれて くれました。

35 まだ 7じですから もう すこし あとで かえります。

1 もう 7じに なったので、いそいで かえります。

2 まだ 7じですから、もう すこし ゆっくりして いきます。

3 7じですから、もう かえらなければ いけません。

4 まだ 7じですが、もう かえります。

もんだい1　＿＿＿の　ことばは　どう　よみますか。1・2・3・4から
　　　　　　いちばん　いい　ものを　ひとつ　えらんで　ください。

1 おかあさんは　台所に　いますよ。
　1　たいどころ　　　　2　だいところ　　　3　たいところ　　　4　だいどころ

2 一昨年から　すいえいを　ならって　います。
　1　おととし　　　　　2　おとうとい　　　3　おとうとし　　　4　おととい

3 赤い　コートが　ほしいです。
　1　あおい　　　　　　2　くろい　　　　　3　あかい　　　　　4　しろい

4 九時ごろに　おとうさんが　かえって　きます。
　1　くじ　　　　　　　2　きゅうじ　　　　3　くっじ　　　　　4　じゅうじ

5 ともだちに　手紙を　かいて　います。
　1　てかみ　　　　　　2　でがみ　　　　　3　てがみ　　　　　4　おてかみ

6 封筒に　いれて　おくりますね。
　1　ふっとう　　　　　2　ふうと　　　　　3　ふうとう　　　　4　ふうとお

7 いもうとを　病院に　つれて　いきます。
　1　びょういん　　　　2　びょうい　　　　3　ぴょういん　　　4　ぴょうい

8 「すみません、灰皿　ありますか。」
　1　へいさら　　　　　2　はいさら　　　　3　はいざら　　　　4　はえざら

あ

か

さ

た

な

は

ま

や

ら

わ

練習

9 こどもは　がっこうで　<u>平仮名</u>を　ならって　います。

1　ひらがな　　　　2　ひらかな　　　3　ひいらがな　　4　ひんらがな

10 <u>今晩</u>は　なにか　よていが　ありますか。

1　こんはん　　　　2　ごんはん　　　3　こばん　　　　4　こんばん

11 かいしゃへ　いく　ときは、<u>背広</u>を　きます。

1　ぜひろ　　　　　2　せひろ　　　　3　せぴろ　　　　4　せびろ

12 かのじょは　わたしが　はじめて　おしえた　<u>生徒</u>です。

1　せいとう　　　　2　せいと　　　　3　せえと　　　　4　せへと

もんだい2 ＿＿＿＿の ことばは どう かきますか。1・2・3・4から
いちばん いい ものを ひとつ えらんで ください。

あ
か
さ
た
な
は
ま
や
ら
わ

13 いえを でる まえに しんぶんを よみます。
　1　聞新　　　　　　2　新文　　　　　　3　親聞　　　　　　4　新聞

14 あめの ひは きらいです。
　1　嫌い　　　　　　2　兼い　　　　　　3　兼らい　　　　　4　嫌らい

15 ごごは ぷーるへ いく つもりです。
　1　パール　　　　　2　プーレ　　　　　3　プール　　　　　4　ペーレ

16 てんきが いいので、せんたくします
　1　先濯　　　　　　2　流躍　　　　　　3　洗躍　　　　　　4　洗濯

17 がっこうの もんの まえに はなが さいて います。
　1　門　　　　　　　2　問　　　　　　　3　間　　　　　　　4　関

18 かいじょうには おおぜいの ひとが います。
　1　多熱　　　　　　2　多勢　　　　　　3　大勢　　　　　　4　太勢

19 じぶんの へやが ありますか。
　1　倍屋　　　　　　2　部渥　　　　　　3　部屋　　　　　　4　部握

20 すこし せまいですが、だいじょうぶですか。
　1　狭い　　　　　　2　峡い　　　　　　3　挟い　　　　　　4　小い

練習

もんだい3 （　　　）に　なにを　いれますか。1・2・3・4から
　　　　　いちばん　いい　ものを　ひとつ　えらんで　ください。

21 おとうとは　おふろから　でると、（　　　　）ぎゅうにゅうを　のみます。
　　1　いっぱい　　　　　2　いっこ　　　　　3　いっちゃく　　4　いちまい

22 きの　うしろに　（　　　　）どうぶつが　いますよ。
　　1　どれか　　　　　　2　なにか　　　　　3　どこか　　　　4　これか

23 あしたは　ゆきが　（　　　　）。
　　1　さがるでしょう　　　　　　　　　2　おりるでしょう
　　3　ふるでしょう　　　　　　　　　　4　はれるでしょう

24 となりの　おばあちゃんが　おかしを　（　　　　）。
　　1　もらいました　　　　　　　　　　2　くれました
　　3　あげました　　　　　　　　　　　4　ちょうだいしました

25 えきの　ちかくには　スーパーも　デパートも　あって　とても
　　（　　　　）。
　　1　へんです　　　　　2　わかいです　　　3　べんりです　　4　わるいです

26 いもうとは　いつも　（　　　　）に　あめを　いれて　います。
　　1　ボタン　　　　　　2　レコード　　　　3　ステーキ　　　4　ポケット

27 たいふうが　きましたので、でんしゃが　（　　　　）。
　　1　とめました　　　　2　やみました　　　3　やりました　　4　とまりました

28 あしたは　にほんごの　テストですね。テストの　じゅんびは　（　　　　）。
1　どうですか　　　2　なにですか　　3　どうでしたか　4　どうしましたか

29 きのう　ふるい　ざっしを　あねから　（　　　　）。
1　あげました　　　　　　　　　　2　くれます
3　ちょうだいします　　　　　　　4　もらいました

30 そこの　さとうを　（　　　　）　くださいませんか。
1　さって　　　　　2　きって　　　　3　とって　　　4　しって

もんだい4 ＿＿＿のぶんと　だいたい　おなじ　いみの　ぶんが　あります。1・2・3・4から　いちばん　いい　ものを　ひとつ　えらんで　ください。

31 この　ことは　だれにも　いって　いません。
1　この　ことは　だれからも　きいて　いません。
2　この　ことは　だれも　いいません。
3　この　ことは　だれにも　おしえて　いません。
4　この　ことは　だれかに　いいました。

32 デパートへ　いきましたが、しまって　いました。
1　デパートへ　いきましたが、しめました。
2　デパートへ　いきましたが、きえて　いました。
3　デパートへ　いきましたが、あいて　いませんでした。
4　デパートへ　いきましたが、あけて　いませんでした。

33 きょうは　さむくないですから　ストーブを　つけません。
1　きょうは　さむいですが、ストーブを　けしません。
2　きょうは　さむいので　ストーブを　けします。
3　きょうは　あたたかいので　ストーブを　つかいません。
4　きょうは　あたたかいですが、ストーブを　つかいます。

34 あの　おべんとうは　まずくて　たかいです。

1 あの　おべんとうは　おいしくて　やすいです。

2 あの　おべんとうは　おいしくて　たかいです。

3 あの　おべんとうは　おいしくなくて　やすいです。

4 あの　おべんとうは　おいしくなくて　たかいです。

35 こんげつは　11にちから　1しゅうかん　やすむ　つもりです。

1 11にちまで　1しゅうかん　やすんで　います。

2 こんげつの　11にちまで　1しゅうかん　やすみます。

3 こんげつは　11にちから　18にちまで　やすみます。

4 こんげつは　いつかから　11にちまで　やすみます。

第一回

問題 1

1	3	2	1	3	3	4	3	5	1
6	3	7	2	8	2	9	1	10	2
11	1	12	2						

問題 2

13	1	14	3	15	1	16	1	17	1
18	4	19	2	20	2				

問題3

21	3	22	2	23	3	24	4	25	4
26	3	27	1	28	4	29	2	30	2

問題4

31	2	32	3	33	3	34	1	35	3

第二回

問題 1

1	4	2	3	3	1	4	4	5	3
6	1	7	2	8	3	9	2	10	4
11	4	12	4						

問題 2

13	2	14	4	15	2	16	4	17	2
18	2	19	1	20	1				

問題3

| 21 | 4 | 22 | 3 | 23 | 3 | 24 | 4 | 25 | 2 |
| 26 | 2 | 27 | 4 | 28 | 2 | 29 | 4 | 30 | 2 |

問題4

| 31 | 3 | 32 | 1 | 33 | 4 | 34 | 1 | 35 | 2 |

第三回

問題 1

1	4	2	1	3	3	4	1	5	3
6	3	7	1	8	3	9	1	10	4
11	4	12	2

問題 2

| 13 | 4 | 14 | 1 | 15 | 3 | 16 | 4 | 17 | 1 |
| 18 | 3 | 19 | 3 | 20 | 1 |

問題3

| 21 | 1 | 22 | 2 | 23 | 3 | 24 | 2 | 25 | 3 |
| 26 | 4 | 27 | 4 | 28 | 1 | 29 | 4 | 30 | 3 |

問題4

| 31 | 3 | 32 | 3 | 33 | 3 | 34 | 4 | 35 | 3 |

精修 重音版
新制對應 絕對合格！
日檢必背單字 [25K＋MP3]

N5

【日檢智庫 21】

- ■ 發行人／林德勝

- ■ 著者／吉松由美・小池直子

- ■ 出版發行／山田社文化事業有限公司
  臺北市大安區安和路一段112巷17號7樓
  電話 02-2755-7622
  傳真 02-2700-1887

- ■ 郵政劃撥／19867160號　大原文化事業有限公司

- ■ 總經銷／聯合發行股份有限公司
  新北市新店區寶橋路235巷6弄6號2樓
  電話 02-2917-8022
  傳真 02-2915-6275

- ■ 印刷／上鎰數位科技印刷有限公司

- ■ 法律顧問／林長振法律事務所　林長振律師

- ■ 書＋MP3／定價　新台幣375元

- ■ 初版／2019年 03 月